雷平阳

双江普洱茶记

CHA GONGDIAN——SHUANGJIANG PU'ERCHA JI

云南出版集团
云南人民出版社

图书在版编目（CIP）数据

茶宫殿：双江普洱茶记/雷平阳著.－－昆明：云南人民出版社，2023.8

ISBN 978-7-222-22055-3

Ⅰ.①茶… Ⅱ.①雷… Ⅲ.①散文集－中国－当代 Ⅳ.①I267

中国国家版本馆CIP数据核字(2023)第159654号

策　　划：马　滨
责任编辑：黄　灿　解彩群
责任校对：杨昆芹
责任印制：代隆参
装帧设计：马　滨

图片摄影：雷皓程

茶宫殿——双江普洱茶记
CHA GONGDIAN——SHUANGJIANG PU'ERCHA JI

雷平阳◎著

出　　版　云南出版集团　云南人民出版社
发　　行　云南人民出版社
社　　址　昆明市环城西路609号
邮　　编　650034
网　　址　www.ynpph.com.cn
E-mail　ynrms@sina.com
开　　本　720mm×1010mm　1/16
印　　张　15.75
字　　数　200千
版　　次　2023年8月第1版第1次印刷
印　　刷　云南金伦云印实业股份有限公司
书　　号　ISBN 978-7-222-22055-3
定　　价　109.00元

云南人民出版社微信公众号

如需购买图书、反馈意见，请与我社联系

总编室：0871-64109126　发行部：0871-64108507　审校部：0871-64164626　印制部：0871-64191534

自　序

　　双江人宋子皋晚年时，常常到村寨去拾粪，培育芒果树苗，无偿送给邻居们栽种，希望周围的人永远有吃不完的芒果。美国诗人罗伯特·布莱尔说："诗人是商品时代苦苦坚持赠送礼品的人。"从这个角度观察，宋子皋无疑是一位诗人，他所写的《勐勐土司世系》也无疑是一部家谱式的史诗：写史或者虚构，他都只是为了将时间尘封的美妙、训诫和法度，连同他内心丰盈的自由与爱，一并作为"芒果苗"或者商品时代的"礼品"，赠送给后来者中间那些有阅读愿望的、怀旧的人。

　　写作《茶宫殿——双江普洱茶记》一书，我明显受到了《勐勐土司世系》的影响——陈述事件不是为了让所写的事件趋于完美，而是要无限接近不可能完美的事件，满怀善意地去寻找其中那些具有完美性质的闪光成分，用它们来建构超越了事件本身的精神居所。我们所谱写的茶文化史和茶人心灵史，大抵都是借茶轻世、轻身，继而将自己导入禅思、通灵、自慰的无我境界，追求肉身成道，飞升，自在，但对普洱茶来说，这种文化方向和化己化人的方法论，我一直觉得它们未必是合身的，显得轻佻、虚化，过于戏剧性。它们不但不可能将我们引向妥帖的

"精神居所"，反而会因为世事的怪力乱神而将我们和普洱茶引向远海中的孤岛，去无所去，归无所归。所以，多年来我更乐意将普洱茶文化从传统的"茶文化"中单列出来，花费不少的心力与蛮力，在澜沧江两岸的茶山中不停地求证普洱茶与布朗族和拉祜族等少数民族之间的神奇关系——包括经他们之手所搭建起来的那条茶树与神灵之间秘密存在的神话走廊。人、神、茶在山水教堂中所形成的"三位一体"，不在高天或彼岸，是铺在大地上的，是看得见的，是能指认和相认的，而且他们的四周遍布着史诗、战乱、逃亡和哀求，轻盈、自洽、悦己的那一部分茶水哲学往往被一再地删减，占比通常小于零，需要朴素的语言及物的审美观和自然的思想逻辑去发现、建设，另起青峰，自成庙堂。与不少一袭白衣在千山之上问茶的人有别，我很难把时间迷宫里的人、忧郁的神灵和旷野上的茶树分开来谈论，他们的灵与灵、肉与肉早已扭结在了一块儿，像路边上的三面佛但又并不意味着过去、现在、将来，三张大脸似乎都对着过去，像丢失了经书的白象止步于地平线。所以，关于茶山的写作，在继《普洱茶记》《八山记》和《茶神在山上》三书之后，我又一次将视线投向了双江的茶山风云和茶民族命运，把"普洱茶文化"极端化地理解成一种向后看的重生的边地文明。因为我觉得，对双江茶乃至整个云南普洱茶体制而言，呈现其文化性质的"过去"与创造其商业性质的"未来"相比，两者是同等重要的——正如冰岛茶可以在短时间内用黄金缔造自己的品牌王国，但是这个王国的围墙外面，那一座罕廷法时代修建的佛寺和佛寺周边培育的茶树苗是不应该被忘记的。忘记不一定是背叛，但忘记一定意味着失敬和失去。人们都知道，这些年来，普洱茶由沉寂走向复兴，途中所承受的千般挤压和构陷，原因都是由于文化元素的缺席与脆弱，如果我们仍然盲目地轻文化背景和文化品质的提升而重茶品的单向攀登，道路仍然还会遍布着风险。我把更多的笔墨投向茶山历史而非茶品推荐，正是基于这样的认识。至于有关双江普洱茶对个体生命的影响与意义，也就是世俗茶文化的那一部分内容，我没有纳入此书的写作范畴，正如宋子皋先生在写史的时候——为了强化土司王国过去时光中的美学气质和个人的审美愿望而省略了不少血腥的杀伐。抱歉的是，因为对双江的历史、茶山文化和民族文化知之甚少，此书仅仅勾勒了双江茶宫殿的一角，未能全面地呈现它，希望今后有更多的填空机会。我初步认识的双江长阔高深，它似乎已经唤醒了我的言语、欲望和幻觉，让我产生了诸多写作探险的愿望，此书的写作我视其为开始而不是结束。

当然，此书的写作，难言是为了向人赠送"芒果苗"或"礼品"，反而是我承恩颇多——参考了《勐勐土司世系》《双江县志》《双江文史资料·傣族专辑》《双江傣族简史》《双江地名志》《茶祖居住的地方——云南双江》《双江拉祜族历史与文化》《双江布朗族文化大辞典》等书籍，特向其作者们致敬、致谢！同时马健雄、俸春华、陶玉明和虞富莲诸位先生的文章对我的写作提供了极大的资料性和观念性帮助，在此一并致谢！本书开篇的四幅茶山图片由吴永达先生摄影，为本书增色不少，特向其致谢！

雷平阳

2023.6.1　昆明　·03·

目　录

自　序

大雪山上的茶祖 // 001

在邦丙乡的阳光下 // 033

大文的恩养 // 061

忙糯的香炉 // 089

沙河乡煮茶记 // 123

勐勐：白鹭翅膀上的茶香 // 163

勐库记 // 187

大雪山上的茶祖

一

豹子和老虎的队伍，从耿马县边界向东横移，过了大雪山，就从突兀的山脊上往下突进，在小户赛、公弄大寨掠取充足的人畜猎物后，无视身后提着农具叫嚷却不敢近身的哀伤的布朗族追兵，嘿哧嘿哧地往嘎告山下走，消失在 40 公里长的冰岛峡谷中。

这条单向度的猛兽对山地族群侵袭的血腥之路，与土司时代强大的耿马土司兵马对勐勐土司辖地进行长时期的伐扰，仿佛边地天空下的两部悲剧性史诗，从丛林法则和民族史两个维度，苍凉地呈现出了作为茶国的双江县早期拓荒者的生存画卷。土司之间的联姻、结盟、伐异，在勐库、勐景庄和勐允养三个小勐合并之后，由于第一代土司思汉梅时代自身的迅速鼎盛而导致了耿马土司的嫉恨，最终开启了耿马土司百余年时间的东南用兵史，而耿马的豹子和老虎对大雪山东坡山地族群的噬食与恐吓，则完全是因为布朗和拉祜人的弱小与无助。大雪山方向吹来的风，让公弄寨边上500年的那棵佛祖树（铁力木，布朗语称"梅橄过"），一个季节开白花，另一个季节开红花。

　　傣历年白鹭翻飞的时间某处，一个橘红色清晨，一个汉族白衣道士走进公弄寨，告诉人们：寨子所在的山丘下藏着一股不会枯竭的泉水，把土丘挖开，砌起一个水池，一旦有豹虎之警，即使是黑夜，水池也会发出白光，而白光正好可以照见大雪山上的豹子和老虎，以及它们随后向着寨子挺进的道路。在这闪电一样锋利而又永恒的光芒照射下，豹子和老虎的队伍将不会再继续东犯。这座水池名叫莲花池，傣语称"糯摩窝"，现在还在公弄寨一户布朗族人家的茶寮边上，水位不升不降，看上去与普通水池并无差别，但寨子里的人们笃信它有着超现实的神力。时间的豹虎因为时代的转换而只在大雪山上留下转瞬即逝的影子，但口口相传的记忆性寓言还会依靠原生宗教的力量，不断地占领一颗颗新生的心脏。毕竟，在他们的世界观里，现代文明的成分尚不能与时刻都命悬一线的求生历史相提并论。神秘产生于虔信，在遗忘与新的幻象取代豹虎的锦绣皮毛之前，"糯摩窝"还会是白光的源头，水面下藏着数不清的橘红色僧袍、道士的白衣、降伏豹虎的剑和迷途上的公鸡图腾。

二

　　染饭花一丛丛开在路边的台地上。早春二月的清风是蓝色的，像是天空里溢出的银河水，无形，凉薄得一如阳光里悄然弥漫的月光。由豹子和老虎下山时踩出来的路，已经悉数收归灌木和松树，条条都是岔路或歧路，它们爪坑里的豹骨和虎骨也许就是它们的，也许不是它们的，上面堆了一层又一层的染饭花。现在的路是在一条条老路的基础上铺上一层层砂石，又从岩壁和深谷的两个方向一次次强取了一寸又一寸的宽度，最终叠加成的一条硬化路，俗称乡村公路。由于道路是从辽阔的世界反向通往有限的几个村寨和孤立的大雪山，路的尽头是设置好的，即勐库古生茶树群落保护管理所瞭望塔，路上往来的车辆很少——在世界陡峭的尽头上驱车飞驰的，多数是生活在尽头上的人们。旧时代的马帮从这一个区域驮着山货和茶叶奔赴勐库、博尚、勐托、缅宁等等世界的入口，赶马人手上往往提着铓锣，每到一个只容匹马单人独过的逼仄弯道，都要提前敲响铓锣，以防与那些从世界上带着铁器、盐巴和布匹孤单归来的人相遇在难以错身而过的绝壁之上。在绝壁上因为对峙而往回退，不少的马匹掉入了深渊，深渊里也常有成群饥饿的野兽一边仰首嗥叫，一边焦虑地等候着天空送来的食物。现在，这样的场景已然消失，以前的绝壁、深渊、迷雾丢掉了古老的绝地本质，茶树在几百年时间的递进中征服了它们，变成了它们的主人。但它们的神秘性以及它们的主人和它们主人的主人，仍然是世界尚未被充分认识的那一部分——尽管同处这一区域的"冰岛茶"已经成为普洱茶的象征而广为人知。

宽狭不一，弧度与坡度却非常接近，从不同的方向通往大雪山的路有很多条。没有选择大鼓山、公弄、小户赛一线上山，而是从南勐河与懂过河交汇处的嘎告深入西半山，过大户赛，然后进入大雪山，是因为我想借机拜谒嘎告半坡上的神农祠和五家村后山石椅子处的山神庙。与我同行的杨炯和俸健平，前者曾担任过双江县茶办主任，参与了 2002 年 12 月由中国农科院茶叶所牵头的大雪山古茶树群落科考项目，是《云南省双江自治县勐库古茶树群落现场考察鉴定意见》文书的参与者与见证者；后者从小生活在冰岛老寨，是冰岛"俸字号"茶业创立者和"冰岛茶神话"的亲历者，茶界称其为"冰岛王子"，或直呼其小名"阿金木"。在我与他们相识的近 20 年时间里，以勐库为核心地理标识的双江普洱茶开启了自己的黄金时代，由质优、量大，通常只能作为某些著名品牌茶神秘配方中的神奇元素的尴尬现实中破茧而出，驱散遮住自己的迷雾，异峰突起，为天下茶人、茶商所认知和敬仰，茶神归位，成为普洱茶王国中优质茶品的标高。在这场双江普洱茶公开向世界索取自己应得"名分"和证明自己尊贵品质的"攻坚战"中，我曾经看见杨炯在昆明手捧名不见经传的冰岛茶品，怯生生地前去拜访一位位茶叶专家和茶坊主人，推荐、求教、问路；也曾见他陪同赵国娟和杨加龙等优秀茶人出现在早期的一个个茶叶博览会上，在众多著名品牌茶企盛大的道场周边摆下自己小小的摊位，自信但又自卑地向熙来攘往的东南西北茶商展示自己产自冰岛峡谷中的一款款茶叶手工作品。2006年前后的一天晚上，我和西双版纳古六大茶山的几位著名茶人在翠湖边喝茶，杨炯知道后，从国贸中心的茶博会上赶了过来，带来了杨加龙早期制作的冰岛茶公斤砖，满脸堆笑，弯着高大的腰身，拜求几位著名茶人能泡上一泡冰岛茶，言辞恳切，态度谦和。但他和他带来的茶没有受到几位茶人的重视，其中一位茶人甚至拿出了一饼曼松古树茶，在他宽大的脸庞前晃了晃，告诉他"18万元一饼"，有炫耀的意思，也有蔑视冰岛茶的意思。他却也不恼，向茶室主人借了一把茶刀和几个茶袋，另找一张茶桌坐下，把那茶砖撬开，按人头分成了几份，叫我过去，拜托我把它们分赠给"骄傲的版纳茶人"，并且嘴巴凑近我的耳朵，非常肯定地、恶狠狠地说："他们不懂，他们会被冰岛茶吓死的！"然后扬长而去——后来我听说，当晚他和杨加龙在昆明关上的一家小酒馆里喝醉了，说了很多豪言壮语。而我也把他留下的茶分发给了几位西双版纳茶人，并对他们说："1999年写作《普洱茶记》一书的时候，采访勐海茶厂，收原料的和拼配车间的受访老职工都告诉过我，双江勐库茶一直是大益茶必需的拼配原料，你们的傲慢非常可笑！"这个说法，现在已经成为公论，当时却被视为勐海茶厂的"机密"，很少有人知晓，勐海茶厂乃至大益集团高层人士从不对外提及。事实上，这几位版纳茶人后来都先后进入了双江勐库的冰岛峡谷，精心制作了各自的冰岛系列茶品，我想，这一定与杨炯送他们品鉴的冰岛茶有关。至于俸健平，2004年，我第一次前往勐库时，他也是杨炯介绍我认识的，当时他没有创办"俸字号"茶业，收茶或亲手把自己家茶树所产的鲜叶初制为毛茶，卖给别人，自己的自主品牌产品尚未出现，却为另外一些茶企接续"冰岛血统"做了神奇的隐姓埋名工作。从他2006年春以"冰岛王子"作品华丽现身普洱茶领域以来，我看到的是一个以一砖一瓦耐心重建"冰岛缅寺"的香火传承者——他不是唯心的拜物教信徒，而是以天然的冰岛老寨傣族原生身份，沉默、坚实地做着冰岛茶的"灵魂塑造"工作：低调、不事张扬，尽可能完美地用自己的茶品向世人释放着冰岛茶独一无二的魅力，让"冰岛王子"等系列茶品得以经典化并具有了普洱茶的象征性。

他们不止一次向我描述过神农祠和石椅子处的山神庙。我们抵达嘎告的时候，太阳初升，冰岛峡谷之东的山脉还在阴影里，西面的山山岭岭已经被阳光照亮，南勐河与懂过河的河谷中，开放的攀枝花犹如一座座燃烧的宫殿在薄雾中浮动，它们的身边再点缀一丛丛桃花、迎春花、油菜花，使整条冰岛峡谷就像是一明一暗的两个神话王国，在并列中同时向我们铺开了它们壮阔而又芳香的天路。所有花朵，不论形态、颜色、多寡，每一朵都仿佛捎带着喜讯，与花朵下、枝叶间和水声里响起的清亮鸟啼，同样形成了有形和无形、有声和无声的双重呼应关系，既像是菩萨讲经的圣坛与众生赕佛的广场合二为一，又像是天空中盛大的滴水仪式与山谷中数不清的牛腿琴弹奏现场融合在了一块儿。梵音、幻象、俗尘异趣、自然之美、时空的奇妙混生与变化，在客观真实的一条峡谷中立体化地呈现在我们身边，我如同在圣水中洗礼后站在了人间与仙境的边界上。

神农祠与山神庙相距不远，隔了几个山头，都在从嘎告去大户赛和大雪山的道路边上。山神庙始建于道光二十五年（1845 年），神农祠于 2005 年 10 月奠基，2006 年 5 月落成。山神庙与神农祠中间隔了 161 年。炎帝神农在这一区域的兄弟民族中被奉为"茶祖"，理由非常古老同时又具有现代性——他在以大雪山为核心的布朗山上发现了野生茶树并驯化了它们，让大雪山成为世界的茶叶源头。传说契合了双江乃至临沧茶区人们质朴的茶学观念："勐库大叶种"优质古茶树并非异地引入种植，而是大雪山万亩野生古茶树驯化而来，这是炎帝神农完成的人类植物驯化史上的杰作。所以，我们发现，新石器时代的炎帝神农，在 2006 年由人们用雪花白大理石雕刻为高 9.5 米、宽 4 米的坐姿神像时，他白髯飘飘，满脸笑意，目光睿智，神态清晰、逼真，没有丝毫艺术化创新所带来的不确定性，分明就是一个身形放大了几倍的有创世之功的古典化真人。而且雕像上他左膝盘踞雄鹰，梅花鹿依傍在身右，左手扶犁，右手握穗，每个细节都严格遵守了古籍和传说之论，人性化的艺术之光从大地升起，刚好触及历史天空的边缘就谨慎地收住——有限度地还原，才能让神性化的人物雕像在普罗大众的美学世界中获得持久的合法性。唯其如此，不论是神农本身还是传说中的五谷神农大帝，他与嘎告之上古茶树生长的群山、面对着的两条河流、河流东面的又一片群山、群山中的人居聚落、茶叶神话及其理论，才是匹配的、一体的、共存的。先其 161 年存在于这片山野之上的山神庙，立场、格局、气象则与之大相径庭。首先，出现在当代的神农祠"偶像"，潜意识中和理性思考之后，人们都迫切需要他是实实在在的、唯物的、最好是会开口说话的；而时间迷宫中的山神庙"偶像"则因为他是隐匿的，形体、职能、荣光超出了人们的思想与意志，他的一切都不是人能决定的，他的形象因此无法

◆ 双江勐库镇神农祠

◆　大户赛山神庙

用语言准确地进行描述，状若拥有神力的一尊天生的灵石图腾，又似另一王国中某尊神灵的魂魄。其次，神农祠从牌坊至雕像有着 69 级台阶，雕像下是大理石铺就的 530 多平方米的广场，广场的两边还有优中之优的茶品展览馆以及茶艺馆，一派庙堂气象；而山神庙则由几根木头撑着几片石棉瓦，石香炉还像是石头里装着一个香炉，石狮子还像是石头里有一头狮子，周围的栗树密集无隙，看上去所有的天造之物和人工之物都还是山峰神秘的组成部分，没有一样能从"偶像"的小庙和山体中独立出来——不可知的力量在暗中将它们聚合成一个整体。

杨炯和俸健平说，在一些特定的日子，周围的茶农乃至不少从远处赶来的人，都会聚集在神农祠和山神庙里，以不同的方式进行祭拜活动。但这一天，也许是因为时间是清晨，两个场所都很寂静，几乎没有人。我看见炎帝神农的腹部上有一株叶片变黄的草在春风里摇曳，而山神座前一个香炉里插得满满的红色香烛正好被林间透入的一束阳光照亮，几束蜡烛的光也在春风里摇曳。站在山神庙旁边的路上眺望另一道山梁上的大户赛村，白色的一幢幢房屋像仙山上缥缈的楼台琼宇。一块蓝色牌子钉在树上，上面有着大户赛村民理事会制定的《大户赛山神庙告示》，内容共六条，其中第五条是，在山神庙杀生（牲）祭祀的香客需交纳卫生管理费，标准如下：1. 杀鸡交纳 16 元 / 只；2. 杀猪、羊交纳 106 元 / 头（只）；3. 杀牛交纳 186 元 / 头。

三

20 世纪 90 年代中后期是当代普洱茶崛起的前夜。其间发生了两件大事，一件发生在西双版纳州勐腊县易武镇，一件发生在临沧市双江县勐库镇，它们对普洱茶由历史性的没落、无人问津到全面复兴和空前鼎盛产生了重大影响。两件事，一件让传统的名茶山手工作坊式普洱茶死灰复燃并就此拉开普洱茶复兴序幕，一件则因为勐库大雪山野生古茶树群落的发现而找到了世界茶叶的源头。

事件一：1994 年 8 月 22 日，台湾茶人吕礼臻、陈怀远、吴芳州、曾至贤、汪荣修、纪华丰、白宜芳、林仲仪、刘基和、黄教添、陈炳钗、谢木池等二十余人，首次探访他们心目中的普洱茶圣地——"易武正山"。圣地衰落，"宋聘号"和"同庆号"等号级茶的始祖茶庄不复存在，整个易武只有一所绿茶初制所，普洱茶制作工艺几近失传，一行人不禁感慨万千。1995 年，吕礼臻、何健和香港茶人叶荣枝又一次来到易武，吕礼臻委托时任易武乡乡长的张毅按传统工艺制作一批普洱茶，而张毅又找到了"宋聘号"老技师李官寿，终于在 1996 年春天以易武茶为原料生产了 3 吨传统手工圆茶，被吕礼臻命名为"真淳雅号"。对当代普洱茶而言，这款普洱茶有划时代的意义。随后，更多的中国台湾、香港、广东、韩国、日本、马来西亚及欧洲的茶人、茶叶专家和媒体人开始进入以易武为首的古六大茶山做茶、考察、采访和拍摄各类茶叶艺术片。1995 年 12 月，台湾茶人邓时海先生的《普洱茶》一书出版发行。1996 年，张毅创建"顺时兴"茶庄，并动员蛮砖茶山老茶人权存安创建"权记号"茶庄、象明老茶人王子先创建"王先号"茶庄，继而勐海茶厂也推出了后来在茶界产生了巨大影响的几款私人订制茶品，比如台湾茶人庄荣洁订制的"99 绿大树"，广东茶人何宝强订制的"2000 年班章珍藏青饼"（人称"大白菜系列"）和"2003 年班章六星孔雀青饼"（人称"六星班章"）……普洱茶就此从茶山的深壑中开始朝着山顶迈进，看见了天边弥漫的曙光。而且，也就是同一时期，著名茶人戎加升在创办双江第一家民营茶厂的基础上，于 1999 年收购双江县国营茶厂，创牌"勐库戎氏"，成立云南双江勐库茶叶有限责任公司，率先将"勐库大叶种茶"带上了世界茶叶大舞台，使之逐步成为普洱茶的杰出代表。

事件二：1997年3月20日，云南省临沧市双江县勐库镇公弄村委会五家村村民张正云等人到大雪山采药，在海拔2400米至2750米的山峰中上部密林中，意外地发现了大片野生茶树林，有的植株需要二到三人才能合抱。他们把鲜叶采回家，稍作加工后饮用，感觉茶味与日常饮用的茶叶味道有所差别。同年8月，豆腐寨村民唐于进等人又入大雪山"追山"，所见的一棵野生茶树基干围粗竟然达到3.25米，胸围3.1米。之后的几年间，双江县和临沧市多次组织联合调查组，对大雪山野生古茶树群落进行详细调查，认定野生古茶树群落分布面积1.2万余亩。1998年《云南茶叶》杂志总第76期刊载了李太伦撰写的《双江县野生古茶树群落调查报告》。当时有关茶叶之源的讨论，或说印度阿萨姆，或说中国云南澜沧江流域，这一发现支持了后者，而且将源头落到了实处——大雪山大面积的野生古茶树无异于令世人惊诧无比的"活化石"，它远比在云南众茶山上发现的零星"茶树王"更具震慑力和科学价值。一系列的发现与考察，也引出了2002年12月的一次权威性科考，参加单位有中国农科院茶叶研究所、中国科学院昆明植物研究所、云南农科院茶叶研究所、云南农业大学、昆明理工大学、云南茶业协会等专业性机构，科考委员会主任委员是中国农科院茶研所从事茶树种质资源研究的权威专家虞富莲先生，副主任委员是中国科学院昆明植物研究所主任、教授闵天禄先生和云南农科院茶研所研究员、博导王平盛先生，组员有蔡新、侯明明、张俊和曾云荣四位教授和茶叶专家。科考委员会形成了《云南省双江自治县勐库古茶树群落现场考察鉴定意见》，2003年第2期《中国茶叶》杂志还刊登了主任委员虞富莲先生的《双江勐库野生大茶树考察》一文。两个文件在对野生茶与栽培茶进行生化比较后，虽然否定了大雪山野生古茶树与勐库大叶种茶树之间存在关联，认为属于大理茶种的野生茶树不可能被驯化成属于普洱茶种的勐库大叶种茶树，它们之间并无渊源关系，但一致认为，大雪山野生古茶树群落是目前国内外已发现的海拔最高、密度最大、分布最广的古茶树群落，"它对进一步论证茶树原产于我国云南以及研究茶树的起源、演变、分类和种质创新都具有重要的价值；双江自治县是世界茶树起源中心之一"。大雪山是国内外珍贵的自然遗产和生物多样性的活基因库，茶树原产地、茶树驯化和种植发祥地。

两个事件发生时，知道易武、班章、冰岛和昔归茶山的人很少，通往大雪山的小路上并没有多少茶叶朝圣者的身影，世界还是寂静的，普洱茶革命也还是静悄悄的。决定性的变化是，1980年代中后期以收双江茶原料卖给勐海茶厂为生的老茶人吴达正说："1989年我承包了勐库邦改茶叶初制所，自己开始做红茶，卖给茶叶站和外贸公司，一做就是10年左右。但是2000年我以38000元的价格买下了小勐娥茶叶初制所，就不再做红茶，开始收鲜叶卖给老戎（戎加升），9角钱一斤，春季时每天平均2吨，一直做到2010年。之后，开始做自己的品牌茶。"由勐海茶厂的原料供应商变身为红茶生产商，又变身为"勐库戎氏"的鲜叶采购者，最后终于自创品牌，自主经营，吴达正先生身份的转换，从一个侧面说明了双江茶业在普洱茶崛起前后的阶段性发展轨迹。而这一轮轮变化，特别是后期经营方向的变化，无疑都与两个事件的发生不无关系。

四

奥地利诗人赖内·马利亚·里尔克在其诗篇《杜伊诺哀歌》中写道：

因为美无非是

我们恰巧能忍受的恐怖之开端，

我们之所以惊美它，

则因为它宁静得不屑于

摧毁我们。

　　在进入大雪山之前，我承认我的内心有着不安和恐怖。从耿马过来的豹子和老虎的队伍又出现在幻觉中，杨炯所描述的他数次入山的艰辛历程同样考验着我的心——他说"浓雾像一件打湿了的白衣服死死箍在身上"，又说"长刺的藤条总是在腰间来回拉扯"，而一个个深谷"比童年时代饥饿的黑夜还要辽阔很多"。是吗？坐在勐库古生茶树群落保护管理所门前空地上喝茶和整理行装时，我又一次问他，他又说了一堆比喻，并且说他不是为了让我打退堂鼓，而是想让我"在思想上做足朝圣的准备"。但当高大、健硕、威猛得像雄狮一样的管理所所长勾章明移步到我身边，让我放心，告诉我他将陪我入山时，我倒悬着的心虽然还是倒悬着的，跳动的频率却减缓了。勾章明用手指了指不远处正在打电话的县林业局布朗族女干部苏燕，说："她入山至少一百次了，这次也进去！"

　　没有浓雾，站在原始森林边上的瞭望台上俯观和仰视，可见的那一部分大雪山在阳光下由绿、黄、灰、黑等不同的颜色混调而成，植物集体性隆起的一个个穹顶、收缩下去的片片斜坡与带状的深谷，仿佛倾斜的大海维持着自身的平衡，同时又在沉静地波动、起伏。从海拔 3233.5 米的邦骂主峰向下延伸出来的四条清晰山梁，状似蓝天之心游出的四条绵长、庄严的鲸背，让"倾斜的大海"具有了生动的立体感，

◆　大雪山原始森林

也展现出了磅礴的不可测度的隐藏着的巨大能量。除了主峰那圆形的制高点可以看成某种秩序的开端或终结而外，由于没有悬崖或其他特别显眼的东西可以作为植物之上的坐标，这片万有的森林在我的视野里，一闪而过的飞鸟可以当成起源，一根竹尖、一片栗树叶、一声泉鸣、一节高扬的枯藤、一个暗影、一朵花，无一不是森林铺开的原点。一棵还没看见的野生古茶树呢？自然也是，而且正是因为它和它们，这片"倾斜的大海"拥有了圣坛一样的荣耀和秩序。

太阳还处于斜照阶段，当它的金光洒在进入密林的路口，并勾勒出树木冠顶的曲线时，我看了看眼前自己并不认识的杂生树木，也看了看林间天空遗漏在地上的光斑，刻意挤到了入山队伍的前面——如此陌生的森林，没有松柏、桉树、白杨，绝对的处女林，是豹子和老虎的队伍经历过的，说不定某些树缝中还留着一绺绺豹虎的毛，说不定前面的某团空气中还遗存着拉祜猎人追捕麂子的脚步声，说不定那些不同的植物种类勾连而成的浓荫里，有一簇盛开的山花是我记忆中野火也不曾烧毁的旧物——我是队伍中年龄最大的，但想先于别人，首先遇见它们。好奇心一直引领着我，老哥哈萨式的精神还没有从我的身体中消失。我还没有站稳，勾章明低沉的声音就在我身后响起："走吧！"我让自己站稳，又弯腰系了系鞋带，然后直起身就夸张地朝林中迈开了步子。一个英雄主义者的脚底下响着一种带齿的枯叶的脆响，耳中竟然回响起大学时代那个同班女生所朗诵的北岛诗篇：

走吧，
落叶吹进深谷，
歌声却没有归宿。
走吧，

冰上的月光，

已从河床上溢出。

走吧，

眼睛望着同一块天空，

心敲击着暮色的鼓。

走吧，

我们没有失去记忆，

我们去寻找生命的湖。

走吧，

路呵路，

飘满了红罂粟。

　　路是进入大雪山腹地的便道，时而是路，时而是路的前身，时而在沟涧的这边，时而在沟涧的那边，上面并没有红罂粟，顽固地存在于它上面的，或说彻底地控制着它的，是不管在高地还是在涧底都存在着的向上的平均 20 度左右的坡度。瞭望台上所见的四条"鲸背"没有了具体的征象，路面指向的地方就像是前往四条巨鲸的骨架之内，曲绕盘旋，忽升忽降，腐殖土浓郁的气味和密林中特有的阴冷气息，也如鲸落之后散发出来的古老味道，令人窒息，也令人如蒙恩膏，冥冥中似有一种神秘的力量在牵引着你。但由于是春日的晴天，没有雨水、风暴、冷雾，客观上它没有传说中和我想象中那么艰险，但它的两边所提供的景象又是传说与想象所难以企及的冗繁与陌生。死去的竹林复活的边坡上很少有树木，小树旁边是小树，巨木与巨木在一块儿，而小树与巨木的身上生长的是同一种苔藓，疯狂的苔藓。我认识的榕树照例是林间领地和领空面积最大的树类，曾经在风中飘飘洒洒的气根长成了需要几个人才能伸臂合抱的树干，上面又垂挂着将来必将长成树干的气根。它们的根在地表上朝着四方蔓延，裹着厚厚的一层苔藓，像是巨蟒家族在地底聚会但又因为剧烈的翻滚而暴露在外，而且正谋划着一次高举着巨榕之伞轰轰烈烈的远征。一块磐石上长出一丛灌木，叶片绿得有如神助，枝条茂密如勐勐土司人丁大旺的子子孙孙，一时兴起，我用百度的识万物软件进行识别，第一次说是油茶，第二次说是含笑花，第三次说是天竺桂。接着我就把所拍照片发给对植物学颇有研究的诗人李元胜，问他是什么植物。他回答："樟科植物，感觉是香叶树，要等有花或果时才可以确认。"转过身，我问一直跟在我身后的老年护林员："这是什么植物？"他的脸上落着一片阳光，眯着眼看了看，声音十分洪亮，告诉我："石姑娘！"我又用手指着不远处一道向阳的山脊上那些红花、白花、紫花，问他分别叫什么名字，他一一作了回答。存在着另一种植物学的地方，人们避开了对大雪山植被类型属于南亚热带山地季雨林的定论，对中山湿性常绿阔叶林和季风常绿阔叶林为主的生态系统中生长着的命名植物，明显地还没有进行科学认知。山野上开放的各种花，他们叫作幸福花、染饭花、平安花、染衣花、吉祥花、爱情花、臭花、香花、白花、红花、鸡蛋花等等；对各种树的命名也总是按照树木不同的外形、气味、特征，从心理学和现象学的角度去进行：红毛树、断腰树、月亮树、发财树、寨心树等等。我想在林中找出国家保护的云南红豆杉、长蕊木兰、苏铁，请这位老年护林员命名，但没有找到。

　　一直往密林深处走，过了一号歇气营地，我渐渐明白——这条路并不会横穿大雪山密林，而是一条断头路，只会通向科考委员会命名的1号、2号、3号、4号野生古茶树。路上遇到了五拨人，两拨是搞直播的外省人，带着沉重的器械；三拨是山中茶农，带着丰盛的祭品。沿途

◆　大雪山大榕树

我一边大口喘着粗气，一边东张西望，科考报告中说到的黑长臂猿、黑颈长尾雉、绿孔雀、灰叶猴、巨蜥、黑熊、灵猫和白腹锦鸡，能看见它们在远处挂枝而过、睡在巨石上、在草丛中蠕动和在林间空地打开翅膀，或只看见其中一个场景，我的喘息声肯定都会小一点，甚至屏住呼吸。勾章明和苏燕走到前面去了，一直殿后的俸健平还没有来到我的身后之前，有一段路只有我一个人，心跳声怦怦怦地响着，我以为不是来自自己的胸膛，四下望望，没有见到人，又以为是某个隐形的身体带着心脏在与我同行，陡然一惊，见有一棵大树被风吹断在路边，借机坐了上去，双手捂住胸口，这才确认那冲到了身体外面的心跳声是自己的。坐在断树上往下望，两道山梁形成的深涧里全是一棵棵几人伸臂才能合围的大树，树冠遮天蔽日，树干犹如神殿一排排肃穆高耸的立柱，鸟鸣和风的声音时而像众声晨诵，时而像孤单晚祷，让我疑心里面真的藏着不为人知的奇迹。

俸健平喊了我一声，也坐到断树上，我对他说，很想去涧中逐一拜访这些树先生，喊着他们的名字。一棵是炎帝，一棵是孔丘，一棵是庄周，一棵是屈原，一棵是钟子期，一棵是陶潜，一棵是王羲之，一棵是李白，一棵是怀素，一棵是杜甫，一棵是颜真卿，一棵是寒山，一棵是陆羽，一棵是布朗族种茶始祖叭岩冷，一棵是拉祜族的江西王罗扎科，一棵是勐勐土司罕廷法，一棵是佤族的古代英雄江三木罗，一棵是王维，一棵是孙思邈，一棵是韦应物，一棵是刘义庆，一棵是段成式，一棵是苏东坡，一棵是王安石，一棵是陆放翁，一棵是黄庭坚，一棵是米芾，一棵是范宽，一棵是宋应星，一棵是朱耷，一棵是李时珍，一棵是读彻，一棵是蒲松龄，一棵是徐霞客……在我开列神的家谱一样的名字清单之际，俸健平从背包中取出了一个保温杯，旋开盖杯，那飘出来的茶香一如造物主葫芦中飘出的芳香灵魂。他把倒满茶水的盖子递给我："喝一口吧，

2016 年春的冰岛老寨茶！"一边默诵着神的家谱，一边啜饮着冰岛茶，我觉得坐着的断树缓缓地升到了空中，飞行在树先生之间，然后朝着野生古茶树聚落飞去。没有任何理由需要陈述了，我想，这应该是我二十多年遍访茶山以来喝到过的最让人心神俱悦的普洱茶了，香甜入骨，气韵畅神，令我这陷入无边欢喜但又倍感劳顿的身体很快就松弛下来，既让我无我、无妄，又让我恢复真我、真身。也许在那时刻，任何一款普洱茶热汤都能解放我，令我生出救赎式的感慨，但真的无比完美：在大雪山野生茶树群落的边缘，登山路上，满心虔信地朝拜树先生的过程中，那一天，那一刻，我手上端着的是一杯独一无二的冰岛茶！

五

彭桂萼先生 1936 年所著的《双江一瞥》一书，第二章《舆地鸟瞰》中有"风景"一节，把大雪山列为双江"十大风景"之一，名为"雪峰积玉"。文字是这样介绍的："斑马后面大雪山，凌空而上，直插云端，为北区祖山，亦即全县绝高峻岭。四时有皑皑的白雪积于山顶，洁净无疵，宛若纯粹的玉石。"1908 年出生的彭先生是临翔区人，毕业于东陆大学预科，曾在双江简易师范学校任教，是著名的抗战诗人，有"澜沧江畔的歌者"之誉。与朱自清、沈从文、闻一多、马子华等人有交往，亦与郭沫若、臧克家、艾思奇等人有书信往来。有诗集和边地专著多部行世。1947 年当选国大代表，1949 年任缅宁县县长。1952 年 2 月遭错杀，1983 年 11 月平反昭雪。关于大雪山这座"北区祖山"，他文字中所说的"皑皑白雪"已然很难见到了，但他断然不会想到，在他所列"双江十景"中位列第七的大雪山，现在被指认为世界茶叶的祖山。

时间的豹虎一直在两座祖山之间往返。尽管两座祖山是同一座山，它们也有着拉祜族人迁徙般的神奇力量，既能在同一座山上找到不同的神祇介祉，又能把众多山峰方能领受的奇迹与荣光尽数收集起来，垒砌为特殊的一座山。

六

过了二号歇气营地，路边和路两边的坡地上，野生乔木古茶树就多了起来，预示着我们来到了它们的"群落"中。而且，过涧越溪，登坡跨梁，也没有跋涉多久，前一波汗水逝去、新一波汗水刚起微澜，我们就来到了一个由南北两片缓坡组成的敞开的山谷中——阳光如瀑布倾泻下来，平坦的谷底沙地上横陈着的一块块白石头闪闪发光，谷地上方的一棵大榕树上钉着搭帐篷留下的铁钉，树底则丢着几块厚厚的木板，一坨坨马粪上有蚊虫飞绕、歇伏。勾章明双手叉腰，望了望南坡正在过来的队员，又望了望北坡，说："到了。"我有些诧异地问他："到了？"他腾出右手，指了指几十米外2号野生古茶树所在的坡地位置，说："到了。"他右手指向的地方，草棘和树林间传来淙淙的流水声。

以下是我按拜访顺序写下的，关于1号、2号、3号、4号野生古茶树的实录笔记。具体数据源自古茶树旁边的告示牌及2002年科考报告。

之一：2023年2月9日

13：40，在2号茶祖下

不能称呼"这棵茶树"。我踩着溪水里的石头跨过一条沟涧，忘了 ·021·

◆　大雪山 2 号茶祖

疲劳，跳上一个个猛然升高的土台，看见他的一瞬，我仰着头跟身边的一个人影（没去分辨他是谁），惊喜地嘟噜了一句："哦，这尊茶祖……"

这儿所处的位置是东经 99° 47′ 59″，北纬 23° 41′ 53″，海拔 2648 米。茶祖目前身高 22 米，庇荫幅宽 15.6 米×12 米，其触地身围 3.86 米，向着天空抬升少许后，一个肉身变化为四个肉身，次第向上，向着八方伸出的数不清的手臂，每一只手掌都向外递送着闪光的绿叶。他与四面的众树既同组为一片森林，又独立于它们之外。

涧中过来一缕清风，只想吹动一张绿叶，茶祖手上所有的绿叶都微微动了起来。涧中过来的一缕清风，本想吹动茶祖手上所有的绿叶，只有一张绿叶微微动了一下。我围着茶祖转了三圈，然后又背靠着旁边的一棵类似于栎树的树站了一会儿，静静地望着他。来自对科考报告的困惑与不解（尽管理性上我是赞成的）令我无比悲伤，由狂喜转为茫然：科考报告及虞富莲先生的文章里说，大雪山野生古茶树属于大理茶种群落，比属于普洱茶种的勐库大叶种（1985 年被认定为国家品种）更原始，两者之间并无渊源关系，因为"在人类非常有限的活动时间内，不可能将大理茶种改变成普洱茶种（虞富莲先生语）"。

大雪山下漫山遍野的优质勐库大叶种古茶树，不是茶祖的子子孙孙？那我们为什么又总是把野生茶树视为茶叶的源头？是谁驯化了它们？是在哪一座山上驯化的？也许真的是炎帝神农？一个诗人的猜谜——多少有些显得荒诞，尤其是在科学面前。所以，在离开"这尊茶祖"，向着海拔 2700 米的方向攀登时，我发誓要把来自科学的论断和自己满脑子的疑问一并清理干净。途中，看见一蓬结满坚硬蓓蕾的植物。我又问那位老年护林员："这叫什么名字？"他回答："笑脸。两个月后才会开花！"

之二：2023 年 2 月 9 日

14：46，在 1 号茶祖下

海拔比 2 号茶祖所在的地点高了 52 米。

从木质阶梯拾级而上，我看见 1 号茶祖 25 米高的冠顶上绚烂的阳光与斜射在他身前的一束阳光，形成了光环与光柱的奇幻效果。在那束阳光的光晕中，他基围 3.5 米的金身有着粗细不一的 11 根分枝，不像是一尊孤立的茶祖，像是一群茶祖紧紧挨着且共用同一座神坛。他们张开的手臂一齐撑起了 11.9—13.4 米宽的不规则的天冠，像放大光明的大白伞盖佛母手上的白色宝伞。东经 99° 47′ 48″，北纬 23° 41′ 48″，这个位置，我视其为天下茶山心脏跳动的地点，丹府，寸田，灵台。

我在围着他的木栅栏外转了三圈。

科考报告说："根据对 1 号大茶树的观测，树姿为半开张，叶片水平状着生；嫩枝及芽体无毛，平均叶长 13.7 厘米，叶宽 6.3 厘米，叶片椭圆形，叶色绿有光泽，叶面平，叶尖渐尖，叶基楔形或半圆形，叶质较脆，叶齿锐密，叶缘有近三分之一无齿，叶脉 9—10 对，叶柄、叶背、主脉均无茸毛。鳞片 3—4 个，呈微紫红色，无毛；芽叶基部紫红色；萼片 5 个，绿色无毛；花冠直径 4.0—4.5 厘米，花瓣薄软，白色，无毛，雌雄蕊比低，花柱长 0.7 厘米，柱头 5 裂，裂位 1/3—1/2，子房 5 室，密披绒毛。根据这一植物学形态特征，在分类上属于山茶科山茶属大理茶种 *Camellia taliensis*（W.W.Smith.）Melch。"

照我的理解，以其 2700 年的成长史，且仍以不朽的生命力继续成长着，用"道成肉身"或"肉身成道"来比喻他都是贴切的。坐在网红

◆ 大雪山1号茶祖

直播所用的大树墩子上静观他时，想起记忆中一桩桩拜树为父的往事，就觉得也许有不少到此朝拜的茶人在心底也呼唤他为"父亲"了吧，荣光归于他，而从他铺展出去的道路永远属于尊他为父的人。

之三：2023 年 2 月 9 日

15：50，在 3 号茶祖下

没有找到东经和北纬的测定数据，海拔 2640 米，3 号茶祖的道场设在比 1 号茶祖低 60 米的斜坡上，它们中间隔着成片的古榕与古栗木，是一些分别封神和为圣的其他世界的菩萨。所见的一尊古榕，十余根分叉而出的巨干率领着茂盛的苔藓和其他葳蕤的寄生物，寂静而又轰轰烈烈地朝着空中挺进，四周的杂木纷纷闪开、让路，像一条并排的有着众多河床的河流，从地上站了起来，改变方向，带着如此多的波涛、青草、水鸟和岸，前往诸天。

木栅栏上的告示牌文字说：基围 2.5 米，基径 80 厘米，胸围 1.7 米，胸径 58 厘米，树高 21 米，枝下高 6.2 米，冠幅南北长 14.35 米，东西宽 12.22 米。主枝在 6.2 米处分为三叉。海拔 2640 米。基干通直，为目前发现最高的一株茶树。

茶祖的生长速度已经抛弃了上面这些数据，2020 年 2 月第一版《双江拉祜族佤族布朗族傣族自治县志》所列代表性古茶树一览表中，3 号茶祖身高是 25 米，与 2 号茶祖等高，而相同的告示牌上 2 号茶祖高 22 米、1 号茶祖高 25 米。告示牌上的数据与县志数据不符，均不支持 3 号茶祖是"目前发现最高的一株茶树"说法。但我不相信这是测量和统计有误——不同时间的测量和不同时间的告示牌都会因为几尊茶祖的永续生长而变得不准确。

◆ 大雪山 3 号茶祖

3 号茶祖的身高不会在 21 米或 25 米高的空中停止，他的生长还会给人们的测量学和统计学乃至文字学制造惊奇与混乱。我围着 3 号茶祖的木栅栏外转了三圈。看着他身上阳光照亮的苔藓、其他杂木投来的枝影和一个个不知道怎么形成的坑，就像是在看一张星云图，他的很多局部像极了模糊照片上月亮的外表。某一个恍惚的瞬间，我甚至觉得他就是一颗树状的星球。

之四：2023 年 2 月 9 日
16：30，**在 4 号茶祖下**

海拔 2600 米，4 号茶祖是 4 尊茶祖中最靠近人间的那一尊——与海拔最高的 1 号茶祖比，他的垂直高度离我们整整近了 100 米。

2003 年第 2 期《中国茶叶》杂志上刊载的《双江勐库野生大茶树考察》一文中，虞富莲先生差不多是怀着惊喜的心情如此写道："在海拔 2600 米处，考察队发现了一株极为罕见的大理茶与蒙自山茶 *Camellia henryand Coh*（属山茶属离蕊茶组 Sect. *Heterogenea sealy*）连体的野生大茶树。大理茶树高 26.3 米，树幅 1.7 米，主干直径 0.64 米；蒙自山茶高 16.3 米，树幅 18.6 米，主干直径 0.6 米。双株树干连生处干径 1.05 米，净空高 4.6 米。两株不同种的茶树虽连生一起，但均按各自的遗传特性生长，两者除树干外观较相似外，芽叶特性有明显差别，蒙自山茶幼枝披黄色茸毛，幼芽呈紫红色，叶片小，叶薄革质，叶色深绿色无光泽，叶脉微凹，主脉披毛。遗憾的是未能采到花果，对它们的后代是否会因'无性杂交'而发生变异无法了解。这是一份非常珍贵的资源，有必要作进一步的观察鉴定。"

一尊大理茶祖与一尊蒙自茶祖，从地面斜升而起，形成"人"字形，

◆ 大雪山 4 号茶祖

在空中合二为一，并在连生之后共同托举起一个有着两种属性的众神之家，4号茶祖无异于是那些澜沧江边不同的家族成员有着不同宗教信仰的古老家庭的范本。同时，他还让我想起了勐库镇冰岛村南迫老寨著名拉祜茶人罗扎克家的那棵栽培型"公母古茶树"——他们将奇迹坐实为现实中的实像，仿佛欢喜佛现身在树身之中，反向地在生活的高空向人们诠释最为原初的欲望与反欲望，"空乐双运"状态下的双身上面，苔藓、外露的筋骨、苍古而又雄健的枝干令人悲喜莫测，唏唏若叹却又内心澄明。

12000亩野生古茶树核心群落，每亩平均有19棵野生古茶树，因为"科考"与道路的双重推荐，我得以来到4号茶祖的福荫之下——正如我去到了另外三尊茶祖的座前一样，可当我在森林中发现别人早已发现过的另外一棵棵野生古茶树，我虽然不能再一一地前去向他们称尊道祖，甚至只能粗俗地反复地说："哦，天啊，又有一棵！"但我还是固执地认为，四尊茶祖只是象征性的，后来所见或来时途中所见的那些，他们无一不是在世的神灵，包括古老的神灵之果萌发的一根根幼苗。因为他们是源头。厘清他们与勐库大叶种茶之间谜一样的血统谱系，所需的时间也许不会很漫长：人们在破解许多秘密和真知之时，时间之神往往会停止其豹虎般的脚步，甚至会反向而行，把我们带回那条祖先驯化野生茶树和茶树杂交变异的曲折道途上。

当然，古老的传说也是破解迷码的一条道路。关于这些茶祖的由来，拉祜族人的说法省略了所有的演变环节，他们把茶祖们直接当成了勐库大叶种茶的源头，而且是创世天神厄莎所安排的。传说有一年腊月二十八，厄莎变成一个猎人，带着勐库邦改的拉祜族人到大雪山撵山打猎，准备过年的食物。他们奔波了一天，两手空空，但却在万千树木中发现了一棵所有枝叶均朝着西方生长、不会落叶的神奇大树。厄莎觉得这棵树冒犯了自己的意志，口中念念有词，双手抱住树干使劲一扭，只听见大树嘎嘎作响，四周狂风大作，不仅大树的枝叶开始朝着四面八方伸展，而且树上的果粒被狂风卷入天空，随后又像雨点一样飘洒在地上。厄莎对着大树念道："接受东方的日照，让你的种子长遍山野，让你给人世带去财富与好运！"接着，厄莎从大树上摘了七片叶子，日落之时，带着猎人们回到了邦改。打歌场上当时聚合了无数的拉祜人，厄莎找来三个石头摆成"石三脚"，点燃柴火，在石三脚上放一块石板，开始炒那七片树叶，同时煨水，用土锅炒红高粱。一切就绪，将七片树叶和红高粱投进沸腾的水中，煮一会儿，才又用木勺把水舀在一个个木碗内，口中念着："喝下它将消灾除难，祛病强身！"然后示意大家喝下去，并告诉人们这就是"茶"。三年后，天神厄莎再次来到大雪山，只见那棵大茶树四周的山地上全都长出了齐腰的茶树，高兴极了，伸出右手拍了拍大茶树。拉祜人也从此将那棵大茶树称为圣树。

七

朝圣的人走在下山路上，他看见

落日浑圆，黄金般的众山，宛若——

景庄的社神思汉梅

允养的社神敢朗法

以众多的化身，端坐在双勐盆地的四周

公弄的大鼓，冰岛的大鼓，还在时间之外

反复敲响，那些从雪山之巅

遁入嘎告谷地的豹虎已经没有了踪影

茶树下的人，在等新一拨春芽

他们也看见了落日，看见了神农祠上空

飞过的白鹭，用母语大声地吆喝着四周的黑石头

下了大雪山，回到勐库镇上，我没有预想中那么疲累，浑身反而充盈着如释重负的轻快与惬意。灯下翻读宋子皋先生《勐勐土司世系》一书，竟读出了荷马史诗《伊利亚特》中特洛伊之战的味道，与在山中喝冰岛茶有异曲同工之妙，暗想，什么时候心神松弛，一定要写写双江三勐合为一勐后的勐勐土司思汉梅的女儿罕聂甩。她是南勐河两岸美和战乱的源头之一。

在邦丙乡的阳光下

一

二月正是榨季，江边的坡地上，赤裸着上身砍甘蔗的人手上的砍刀，在阳光下偶尔会反射出一闪而逝的白光。一茬茬立着的甘蔗倒下，另外的红衣人将它们的叶子剥除，扎成捆，扛到路边垒成垛。尖锐但已经卷边的黄叶凌乱飞舞的坡地，很快露出一片片空场，窸窸窣窣的声浪逐渐减弱，甜丝丝的空气凝滞在空场旁兀立的"甘听果树"上，或随着清风在小黑江谷地里浮动。

一路顺着小黑江南下，我们所走的路，方向与所经过的地方，大体与1937年1月16日彭桂萼先生从勐勐出发前去参加中英两国主持的中缅边境南段会勘时所走的路一致。彭先生在会勘旅程中，写下了私人性质的见闻录《边地之边地》，其中1月18日所写的文章《赛罕江边》介绍的就是他在邦丙乡赛罕村的见闻，而我们也正是从小黑江上的赛罕桥进入赛罕村，继而翻山越岭进入邦丙乡腹地的。彭先生执着于书写边

◆ 在邦丙乡赛罕村眺望小黑江

地，除了《边地之边地》外，还有《西南边城缅宁》和《双江一瞥》两书，这是否受到了 1925 年开始流浪云南、缅甸并写下《南行记》一书的"流浪文豪"艾芜先生的影响，我查无实据，但在郭沫若写给彭先生的一封书信里倒是有这样的句子："边疆风土人情正是绝好的文学资料，希望能有人以静观的态度，以有诗意的笔调写出，艾芜的《南行记》便以此而成功者也。"艾芜的《南行记》中的许多作品在结集前已经发表过，结集作为巴金主编的丛书"文学丛刊"第一集之一，出版时间是 1935 年（丛书还包括鲁迅的《故事新编》、曹禺的《雷雨》和卞之琳的《鱼目集》等作品）。彭先生"南行"是 1937 年，晚了两年。

世事沧桑，激变充斥了人们的日常生活，多少物事今日还是新的，明日便旧了，蒙尘于被人遗忘的角落，问津者少之又少，彭先生及其文章亦在此列。有鉴于此，《赛罕江边》一文篇幅不长，我将这 86 年前写下的文字抄录在此：

　　本日约行路 50 里，在小黑江边赛罕村的草建缅寺里歇宿。

　　这是一个 50 余户人家聚居的布朗村，下面环绕着小黑江，四周矗立插天的障壁，全村深锁在万竹丛中，过着"不知有汉、遑论魏晋"的生活。

　　妇女有些在檐前织布，有些坐在院里翻出大黑奶喂小孩，见我们一批生客到，仍怡然不动。同长邻长们很奔忙，忽时每家去聚柴一根抱送了上来，忽然又擒了一只母鸡来致送，在佛殿里来叩头蹲在一旁，轻言细语地说道：

　　"委员踩到小地方来，小的一样不得有送，一个小鸡要请收下。明天挑担夫子要几个请说给！"

　　我们才知道他们受"委员"的恩惠已经不小，所以把我们也当作委员看待。本来近年委员之类也未免"委"得多如牛毛了。在璧还了他们礼物并婉言安慰他们去后，脑里忽又幻起了昨天初进南马河村去时居民纷纷逃避的情景。

本日走了的路稍虽不算长，却相当吃力。才由南马河动脚，就是10里左右的大坡，有些由畔山的崖岩鸟道中通过，不用手搀扶就有死无葬身之地的危险，因为下面是无底的深壑，放下石头去会跳得好几丈高，半天都没有止息。上通坡头，全由山岭上走，可以放眼看那赛山头的红墙绿树，可以远眺景谷、澜沧、沧源的万里云山。仙人山峰擦肩而过，宛若一个大骆驼的背峰。上改心一带的村落，在红坡绿圃中一簇簇涌现出来。

在山岔路营盘脚野食后，一直下坡。道路大部分尚未挖修，坎坷难行。尤其是南黑弄东部的那一大列绝壁，笔直地巍立着，青松绿树盘在它背上，似乎要跳下的模样，路下是一带芙蓉地，正在嫩绿地抽枝。火耕刀种的原始生产状态，亦布遍了满山满野。

今晚我的床是就地铺了竹笆随便地睡，字也只好伏在地铺上乱画，面前的一个土台上塑了两小尊土装佛像，恶劣丑陋，活衬出布朗人的文化与信仰较傣族大为低落，和尚虽住着两个，经也不念，秽浊异常，不过虚演故事而已！

涛声像急雨样地送进了耳畔，村犬也一声声汪汪作吠，愈显出旅夜的寂寥，夜已相当深了。

18 日夜于赛罕佛殿

根据彭先生文章提供的信息推测，86 年前的赛罕村应该坐落在小黑江边，"涛声像急雨样地送进了耳畔"，村子与小黑江相距不会太远。

但现在的赛罕村是建在半山之上的，站在村子边的小平掌上，几乎听不到半点江声，江水匍匐在谷底，在山下有一个大转弯，之后又才曲曲弯弯地南去。入了村，已经增多到210多户人家的村子里异常安静，空心砖砌成的简易房子和混凝土现浇建造的"小洋楼"混杂在一块儿，红色房顶在阳光下显得光彩夺目。听不到人的声音，只有路边和寨心树下的一群群鸡咯咯咯叫着，悠闲地觅食、振翅，因为什么而忽然集体性地跑向某处。转了一圈，见到三个人：一个头戴毡帽、穿迷彩服、脚蹬高筒皮鞋的中年男子；一个扛着一捆甘蔗从山上归来的女子，她毛巾裹头，红衣黑裤，手上戴着银镯子；一个老年男人，穿迷彩服、胶鞋，腰间斜挎着一个剪了半截的化肥口袋，手上牵着头黄牛。

我们出了村，驱车继续朝着山顶盘旋，夹在甘蔗地之间的公路干净、亮堂、甜蜜，具备了把向上的一端伸入天空的条件。在一个弧形向外的弯道所形成的平掌上，约莫有20个人正坐在新砍的甘蔗垛旁边吃午饭，用纸盒、锑盆和塑料袋带上山来的食物，在地上集中摆开，有猪脚煮白菜、腌萝卜干、牛干巴、青椒炒肉等等，人们人手一盒米饭，低头吃着，没人说话。他们绝大多数都戴着帽子，男的迷彩帽或牛仔帽，女的软边遮阳帽，如果他们不主动抬起头来，就看不到他们的脸。一个光着上身、站着吃饭的青年见了我们，大声地招呼着，要我们加入进去，他满脸的笑容，一半是憨厚，一半是油滑。甘蔗垛的另一边停放着一辆蓝色柴油农用车和两辆红色拖拉机，农用车的车厢上站着一只美如锦鸡的大红公鸡，一根白绳子拴着它的脚。而其中一辆拖拉机红色的车厢里，坐着一男一女两个儿童，手中各自端着一盒饭，脸上脏兮兮的，笑容却纯真如美玉。看见旁边还没有砍伐的甘蔗地里凸起几块巨石，上面也拴着一只公鸡，我问上身光着的青年："为什么把公鸡带上山来？"他大笑，却什么也不说，是一个同样把脸巴仰向

◆ 赛罕村砍甘蔗的村民在路边野餐

太阳、笑嘻嘻的中年男子回答了我："害怕迷路，公鸡会带我们回家。"公鸡是布朗族人的图腾，我知道中年人说的是对的，但还是笑着对他开玩笑说："拿根猪骨头塞住你的嘴巴吧，干吗骗我？"众人轰地大笑起来。我们的汽车又向上跑出了几个弯道，停下来，我站在公路边一棵不知名的大树的阴影里，向下看赛罕山巨大斜坡上有凤凰般的公鸡守护着的劳动者的野餐，感觉那就是他们的父神叭岩冷主持的一场盛宴，四周所有的石头、甘蔗、阳光、大树、丘壑、泉水，以及天上的云朵和远处的群山，都在向着那儿汇聚并拱卫着那张大地的餐桌！

再往下看，急于与澜沧江汇合的小黑江泛动着金色波光，分明有着一条黄金铺成的河床，它不是在单独流淌，而是在率领着两岸的群山一起向南移动。过耳的风里，蜂桶鼓舞的声响叫人骨头变软。

二

茶树出现在云雾缭绕的山坳中。邦丙大寨，海拔 1700 米。邦丙大寨与赛罕分别存在于一座山峰的两个坡面，赛罕独对小黑江及其对岸澜沧县安康乡和文东乡同样拔地而起的山峰，而它有着没有边际的云雾王国——如果云雾清空，双江县周边的耿马、沧源、澜沧、景谷诸县以及双江县的很多区域就会在眺望者的视线中变成客观场景。一眼望去，滚滚万山，江河林泉，鸟道兽路以及人凿的天梯浮栈，全都像一张立体的地图凸凹有序地铺开在大地上。

一部山地民族史就是一座迷宫，查找某些事件真相就像是在迷宫中探路。但对邦丙这样一个群山之上的云雾王国来说，有一个史实是确凿的：邦丙的种茶史开始于明万历二十五年（1597 年）之后近十年间，而且邦丙大寨就是布朗族人在此区域种下第一棵茶树的地方，是茶祖的应许之地。那一年，大侯州（次年改名云州，今云县）知州、傣族人俸赦、俸学两兄弟因长期不睦而最终反目。知州是世袭的，原本只能一人充任，兄弟二人互不相让，各建了一个知州衙门，俸赦在上衙，俸学居下衙。俸学不想受制于上衙俸赦，就向岳父大人，顺宁世袭土知府、布朗族人勐廷瑞（原姓孟，其祖上于元文宗天历元年即1328年向朝廷请求内附，获准赐姓勐）求救，希望能以兵戈荡除上衙和俸赦。家族内乱刚刚开始，明朝驻军参将吴显忠就借此以谋反之名要挟勐廷瑞，向其索取重贿，勐廷瑞没有理睬，吴显忠果然以谋反罪向巡按张应扬、巡抚陈用宾诬告勐廷瑞。陈用宾没有听取云南临元分巡参政李先著的陈情与劝阻，派金腾副使邵以仁和参将吴显忠，"提兵勘处，犄角而进"，合力围剿勐廷瑞。大军分路而来，生灵涂炭，勐廷瑞斩杀了俸学，将俸学的头颅献给明军，以求兵息境安。心想，制乱之人已灭，应该没事了吧？明军不为所动，大兵压境，勐廷瑞又派人送去大量的黄金求和，明军将黄金充作军饷，继续向前不怠。最后，为保顺宁安妥，勐廷瑞把儿子的头颅和土知府的大印一并献上，自己投身于邵以仁的战马前，主动受缚，并在之后屈死于狱中，明军亦借此机会顺势杀光了元明两代受册封的勐氏全族。

这次"动乱"，也许俸学的私仇和吴显忠的诬告都只是导火索，"灭勐安汉"、改土归流、削除土知府的权柄才是明王朝大动干戈的真实目的。所以，当土知府冤案剧烈地刺伤了边地人心，并最终激起锡铅、勐佑、营盘、勐统、蟒水等顺宁十三寨布朗族起义，杀指挥、千百户等官兵数十人后，巡抚陈用宾马上就督师掩杀过去——仿佛这正是他等候多时所需要的局面。起义在四年时间内被荡平，十三寨乃至更多寨子的布朗族起义者死亡不计其数，部分幸存者带上防身的刀箭、公鸡、食物和茶种，踏上了沿着澜沧江由北向南的逃亡之路。逃亡者中，有两拨人在双江停了下来，一拨在公弄、邦协建起了新的寨子，另一拨继续向南逃亡了近百公里，到达邦丙大寨（旧称空阿），怀中抱着的公鸡叫了，手上的拐杖往地上一插，也马上长出了新芽，他们就停了下来，认定此地就是建立新家园的地方，既可藏身于云雾之中，又能站在高冈上瞭望四方，预先发现追杀自己的兵马。两拨人在后来的几百年时间里各自疗伤、学习遗忘、休养生息，来往并不密切，形成了双江县布朗族文化的两个发祥地和方言区——家住邦协的布朗族文化学者俸春华先生说："两处的布朗人用方言交流，往往需要第三种语言提供帮助。"但他们之间有一点是绝对相同的：公弄和邦协一带的布朗人建起寨子，在旁边的山地上种下茶种的时候，相距不久，邦丙和大文一带布朗人的寨子也建起来了，也开始种茶，而且把最先的那批茶种种在了邦丙大寨。

在云南茶山中我行走了二十余年，孤旅或求证，茶主题之外，人神之间共同演绎的神话与传说、现实与梦境的交替现场、时间的遗迹与事物的复活，我都充满了好奇心，澜沧江的此岸与对岸俨然已经被我当成了前往银河的人间渡口。但站在这儿——400多户人家的邦丙大寨的寨心，看着身边生活在云雾线之下却又把灵魂放牧在云雾之上的人们，我第一次产生了不知去往何处的焦虑。幽森的时间缝道，一个隧道口矗立着的是幸存者栽下的"翁卜笼大茶地"（意为古井边的茶园）里那几十棵古茶树，另一个隧道口则是幸存者的子孙开辟的6000多亩"后来的茶树林"。邦丙乡年轻的乡长杨绍尧告诉我，茶产业已是邦丙乡的主导产业，加上邦丙村的茶林面积，全乡2891户人家共有2万多亩茶林，年产量1599吨。1970年代由县上在邦丙投资建设的茶叶初制所和1980年代升级建设的茶叶加工厂，1993年由土生土长的茶人杨金荣收购后，已经发展成了年产160吨普洱茶，集种植、管理、生产、加工、仓储和销售为一体的现代性"云南双江帮丙荣东达茶厂"，产品远销全国各地。

从历史学、民族学和经济学不同的角度审视，人口与茶林及其产品销量的数字由少变多，它都意味着喜悦与超越，人们在祖先逃亡而来的路上另辟了很多条新路走到了云雾的外面，看见了世界的笑脸，我因此像布朗人"吃新米"仪式上，把手中的饭碗高擎至头顶，但又忘了祷词的人，大声地喊了一声："萨——！"诗人的狂喜与对神恩的虔谢充盈于内心，也激荡在声音里。可我也像是他们"迎谷魂入仓"仪式上取土的老人——稻谷收割完毕，谷粒入了仓库，得从田野里取回七团地土放置在谷堆上面。地土是万物之源，是稻谷的灵魂，只有地土依附着的谷物才会永生不灭——行走在收割后的稻田，每一块地土都让我倾心，却不知该从它们中间取出哪一个圆团。哪两个圆团。哪三个圆团。哪四个圆团。哪五个圆团。哪六个圆团。哪七个圆团。当然，最终我并没有在寨心树下站多久，生活的现场有的是出口和缺口，很多妥协性的折中办法其实是日常生活得以完美的终极良策。谁也返回不了一场历史的冤案中去充当拯救者，前往幸存者逃亡时用血染红的路上去喊魂，去拜访他们遗失的茶籽在路边长成的古茶树，都只是一种找不到收受者的礼拜和对早已腾空的黑色深渊进行道义式填充。因此，我先是来到"翁卜笼大茶地"，像继承遗产一样承接古茶树所馈赠的高古气息和曲折张开的生命活力，以及它们遗世的孤独。之后，我这才转身走向年轻乡长预先向我描述过的几千亩新生茶林，从一个古老时空侧身进入另一个新创时空。中午潮湿的阳光有着月光的品质，一团团薄雾从一棵棵茶树上刚刚升起就被清风吹散。有几个人，分散在茶林中，一个刚拉直身子，一个又弯下腰去，甲在喊乙，高声回话的却是丙，整饬地土时的肢体语言，让我们觉得他们是在天空下捉迷藏。

重新驱车来到公路上，窗外一会儿闪过林地，一会儿闪过茶园。在能看见仙人山的一块高地上，我们停下来，站了一会儿。看上去仙人山的侧影果然如同彭桂萼先生所言："宛若一个大骆驼的背峰。"驼峰两侧的一个个垭口，想必就是顺宁十三寨布朗人逃亡时必经的地方。天空蔚蓝，没有一朵云。

三

司机阿邓在南楠村附近的岔路口停下车来，向茶地里培土的一对老年夫妇问路。老人名叫俸茂荣，性格似乎有些内向，一直藏身在茶树林里，迷彩服与茶树混合在一起，弯着腰，隔着几排茶树与我说话。他说他家有 20 多亩 80 年树龄的茶地，有 1 吨左右的产量，随后又说鲜叶产量是 2 吨，每斤卖 12 元人民币。我问他，他说的 1 吨是毛茶吗？他没有再说话。他的妻子始终在用锄头挖除茶地与公路之间边坡上的杂草，同时竖着耳朵听我们对话，或一笑，或转眼看向我或她的丈夫，然后又迅速掉过头去，一句话也没说。一个骑摩托路过的中年男人，停下摩托，右手扶着车柄，左手叉腰，双脚点地，好奇地歪着头听我与俸茂荣对话，见俸茂荣陷入沉默，笑嘻嘻地对我说，南楠村有 3183 亩茶地，其中栽培型百年以上古茶树有 28 棵。说完，轰了一脚油门，摩托车就飞了出去。

四

南直村 65 岁的竜头（相当于祭司，亦称"布占"）李华于，是世袭的第七代竜头。他提前一天知道了我们的行程，今天天一亮就起床，前去寨子里的竜树林（神树）祷告。祷告的内容有三项：1. 祈求我们身

◆ 南椰村茶园里劳作的俸茂荣夫妇

◆ 南直村 65 岁的竜头（相当于祭司，亦称"布占"）李华于

◆ 国家级非遗项目"布朗族蜂桶鼓舞"国家级代表性传承人俸继明

◆ 国家级非遗项目"布朗族蜂桶鼓舞"省级代表性传承人朱开富

上不要带着邪灵之类的"不干净的东西",如果带着,求神灵把"不干净的东西"挡在寨子外面;2.祈求神灵保佑我们这些"重要的来客",平安地来,平安地离开,不要惹上"不干净的东西";3.向神灵咨询,重要的客人来到寨子,今天的日子是否吉祥,寨子里的人能不能为他们跳起迎客的蜂桶鼓舞。

南直村坐落在仙人山南坡,所属3个自然村11个村民小组分布在海拔800—1600米之间舒缓的坡地和平掌上,全村有370余户人家1400多人,其中布朗族910多人。该村是邦丙乡的水稻主产区,有水田1223亩,亩产可达500公斤以上。发源于该村的"布朗族蜂桶鼓舞"2008年被列入国家级非物质文化遗产保护名录,"南直村布朗文化保护区"被列入省级非物质文化保护名录。68岁的蜂桶鼓舞传人俸继明是国家级非物质文化遗产传承人,75岁的朱开富则是省级传承人。在村委会文化室墙上挂着一块展板,内容是《双江布朗族人类起源传说》:

在很久很久以前的某年,天不下雨,且出现七个太阳。大地干旱,炎热难当,地上万物生灵涂炭。所有大地上的生灵汇聚在一起,共商消灾办法,共同推举本领超强的白猴王到天上找掌管雨水的天神。

人间遭灾,哀嚎遍野。然而白猴王上天后看到的天境则是另一番景象:天王昭树贡(主管天地万物)沉溺酒色,王宫歌舞升平,众神玩忽职守。其中管布雨的小神无精打采,昏昏欲睡,忘了按时向人间布雨。白猴王看到一张桌子上放着一口盛满水的天缸,那便是人间急需的雨水。看到天境如此,白猴王怒从心起,掀翻桌子,倾覆天缸,结果缸内的天水倾泻人间,酿成七七四十九天的大暴雨,整个世界被淹没,人类濒临灭顶之灾。

人类遭受洪灾很久,天王昭树贡才发觉,令天神塔爬雅到人间寻找和拯救幸存者，让人类重生、繁衍。塔爬雅来到人间，首先遇到老虎和黄蜂，问寻无果，老虎和黄蜂说："我们正饿得慌，要是看到人，我们早把他们吃了。"塔爬雅听后非常生气，对老虎和黄蜂进行惩罚：罚老虎永远在深山老林受苦，不得靠近人类；用马尾勒细黄蜂的腰，让黄蜂的腰永远细得轻轻就可以折断。

塔爬雅继续往前走，在路上遇到了蜜蜂，蜜蜂二话没说，引路到一座高山上找到了已奄奄一息的一对兄妹。塔爬雅不负天命，也感念蜜蜂拯救人类有功，让蜜蜂永远与人类为伴，天天得食甜蜜，并让人类把它们酿制的蜜糖当圣物。

救出兄妹以后，塔爬雅把他俩装进葫芦，让葫芦漂到宜居之地，再令小米雀啄破葫芦放出兄妹。但小米雀偷懒，未能按时啄破葫芦，塔爬雅一气之下把小米雀的嗉囊拧到了脖颈后面，所以小米雀的嗉囊至今依旧在颈后。塔爬雅这才又命令老鼠用锋利的牙齿啃穿葫芦，放出了兄妹俩。为感谢老鼠，塔爬雅许诺——让老鼠永远先吃人类种出的粮食。

兄妹俩从葫芦里出来，按照天意，塔爬雅说服兄妹结为夫妻，繁衍后代。兄妹俩成婚不久却生下了一个无头无脚无面孔无五官的怪物，二人非常惊异、恐惧，而塔爬雅则高兴万分。他先用佩剑将怪物剁碎，然后将碎物撒向大地，大地上很快就长出了千千万万个人来。塔爬雅让兄妹教他们说话，人太多教不过来，他俩就让他们去模仿大自然的各种声音。

因此，今天世界上就有了各种各样的语言，形成了各种各样的民族。

站在展板前读完"传说"，我见旁边还有一个展板上是一张巨幅蜂桶鼓舞的照片，移步过去，看见了照片上面的几行小字："蜜蜂拯救了人类，天神塔爬雅授意人类报答蜜蜂。心地善良的布朗人找来空心的巨木截断做成蜂桶，让蜜蜂住在里面并搬回自家屋檐下和自己相依为伴。

为使世世代代牢记蜜蜂的功德，布朗人还创造了蜂桶鼓舞，在每年祭祀和年节时集体欢舞。"

暴烈的阳光下（月光的品质早已散尽），正午的蜂桶鼓舞是在村委会楼前空地上展开的。在俸继明、朱开富两位传承人和竜头李华于的召集下，寨子里来了几十位男男女女的布朗人。他们穿上了自己织布、剪缝并用板蓝根染制的藏青色传统服装，男人光着头，挎着蜂桶鼓，女人盘着同样是藏青色的头帕，手中分别拿着两块白布巾，围着两个挎着象脚鼓的男子站成一圈。俸继明、朱开富和李华于年事已高，不能剧烈运动，手提铓钗或拿着锣槌站在榕树底的大锣架旁边，吉时一到，俸继明的锣声一响，人圈中那两个挎象脚鼓的男子率先如蛟龙出海或鹞子翻身，一边用缠着红布的鼓槌激烈击鼓，一边身形腾、挪、跃、扑，鼓声与人影分明都得到了天神塔爬雅的神力支持，上天入地把一块小小的空地当成了忘我的巨大空间，仿佛他们真的是抱着两头啸吼着的大象在群山之巅向着天空跳跃，向着人世演绎古老的神话，而那些围成圈的人（多数是女人，间或穿插着几个挎蜂桶鼓的男人），听见锣鼓的节奏一起，也似漩涡之外的一圈呼啸的激流，不向内旋，也不向外扩散，就在固定的"轨道"上疾疾旋转，挥舞起来的白布巾浪花一样收放，发出脆响。几只跟着象脚鼓的节奏擂响的蜂桶鼓，则如激流中的潜流，以其雄浑的力量助推象脚鼓无所不至的声浪，也在激流内部操控着这藏青色激流的转速和幅度。声音的马群，在空中来回奔驰，却有马蹄铁敲击鼓面的声响；感恩之晨的狂欢，头颅抵着天神的影子，哭了，笑了，在寨心广场和四周的道路上抱着鼓腾空而起的身体上，黑夜的颜色却又没有完全褪去。旋转是有尽头的，而我在人的激流中反复祈盼着眼前的画面不要中止。三步舞之后，接着是五步舞，然后是刀舞、采茶舞、蜡条舞。并且祈盼：在这个春日，竜头李华于领着我们去选定耕种的荒地，砍倒地里的两棵

◆ 南直村的蜂桶鼓舞

◆ 南直村的蜂桶鼓舞

树，为它们叫魂，一起捧着蜡条，唱起向氏族神祈祷的歌：

召王、召千啊，
请接收我们的诚心。
我们要开地了，请保佑我们：
不被老虎咬，不被刀砍着！

蜂桶鼓舞表演结束后，我受邀去俸继明先生家喝茶。路边寨心，画着蜂桶鼓饰纹的四根立柱撑起的小亭子顶上，是一个引颈而歌的彩色公鸡塑像。日光斜照，亭子和公鸡的投影边，一只黑色的母鸡正在低头觅食。喝茶时，俸继明说，祖上原居哀牢国，在顺宁有座大庙，头人姓勐，死于外部族人的暗杀，然后族人就顺着澜沧江南下，或留在双江，或远走澜沧、勐海，已经700年了。他说的显然是"顺宁十三寨布朗族起义"，但还没有700年，1597年至今，426年。传说中的迁徙至此、战争年代的逃亡至此、与勐勐土司一起从勐卯（今瑞丽）移居至此，三个重大事件已经在布朗人的口口相传中变成了一个事件，俸继明先生之说，与邦协俸春华先生"邦协、公弄、邦丙、大文的布朗人是顺宁十三寨布朗人后裔"之说是吻合的，只是时间与史实不符。因此，也就引出了一个话题：顺宁十三寨布朗族起义之前，双江有没有布朗族人居住？著名布朗族诗人、骏马奖得主陶玉明就认为，布朗族人是双江原住民，其在双江的生活史应以千年计，起义受到镇压逃亡而来的布朗人或许只是几拨人中的一拨。他相信传说、战争和移居是分别存在的。

南直村有茶地560多亩，李华于说，量太小，鲜叶卖给初制所七八元一斤，自己去集市上卖干毛茶也才10元钱左右一斤。所以就能卖则卖，卖不了，多数人家都是留着送亲朋好友或自己饮用，因为茶叶不是南直

◆　南直村的公鸡图腾

的主业。朱开富则慢悠悠地说："全村 1400 多人，有 600 多人外出打工，有时跳蜂桶鼓舞，人很少，不够热闹。"后来，三位老先生坐在俸继明家的院子里，有一句没一句地用布朗人古歌"翁央尔"的调子唱起了《打秋千》一歌，以及民歌《采棉花》《火亮虫之歌》《兄弟之歌》等等。出了俸继明家的门，走在寨子里，我一直念叨着这一句歌词："火亮虫（萤火虫）拿着火焰过来了，火亮虫拿着火焰过来了……"

五

时间带来过很多不确定的东西，但也带来过很多事实和结局，而且还在把同样的东西带到我们眼前。在岔箐村正忠茶叶初制所场院边的一株古茶树下站定，望着用 1958 年创办的茶叶初制所（1972 年改建为茶厂）原样改建的新的茶叶初制所，我一方面觉得这是 1958 年留给 2023 年的遗产，另一方面又觉得这是人们在把 2023 年的一切归还给 1958 年。新的初制所也是旧的，夕阳的光照着红砖墙上剥落的石灰，一扇扇窗棂被折断后又进行过加固的窗户，有的被照亮，玻璃的反光向下投在场院上铺晒的酒红色玉米粒上，有的隐在阴影里，半开的窗门仿佛在 1958 年被人推开之后就再也没有关上过。

60 岁的罗正忠是现在初制所的主人，同时也曾经是老初制所的职工，新的厂与老的厂，旧的他与新的他，牢牢地捆嵌在一起，像一根天空垂下来的打秋千的绳子。以前的青毛茶二三角一斤，现在 100 元左右一斤；以前做红碎茶、红条茶（2 块钱一斤），现在做普洱茶；以前全村的茶地 1200 亩，现在 4200 多亩；以前只有 1 家初制所，现在全村 24 家初制所；以前的茶叶卖给双江茶厂和邦丙茶叶站，现在主要卖给勐海茶厂或以订

◆ 1958 年创办的岔箐茶叶初制所（1972 年改建为茶厂），目前由老茶人罗正忠经营

◆　岔箐的古茶园

制的方式销往各地；以前的鲜叶几块钱一斤，现在一斤最高可以卖到 70元。在"以前"和"现在"之间，一个少年钻进茶树林，走出来已经是一个花甲老人。时间改变了容颜，磨损了心，让人惊喜的是——同一片自己的茶园（老茶林 30 亩、新茶林 10 亩），每年产 1.5 吨左右干茶，以前收入微薄，现在收入达到 6 万元左右，初制所代加工茶叶 12 吨左右，收入更是可以达到 20 万元至 30 万元。罗正忠带着我在偌大的初制所车间走了一圈，说："采茶的季节，最忙的时候，一个晚上要加工 5 吨左右鲜叶。"车间里，按手工和机制的不同区域，安放着相应的设备与器械，手工炒茶的铁锅和揉茶机象征着不同的时代和不同的工艺，现在却安然、协调地同处一室，甚至有可能是同一条生产线上的两个设备，叫人觉得将"以前"和"现在"糅合在一块儿，永远都是现实生活教会人们的化解时间难题的技法之一，而且这与承袭传统和工业革命均无关系，倒是有点像两条并行的溪水在跳下同一座悬崖之后变成了水流量翻倍的一泓溪水。

岔箐是一个 400 多户汉族人聚居的山中大寨，以前名叫"岩羊寨"，而且原住民是布朗人和拉祜人，寨名叫"纳么养"（傣语，意为祖先留下的有水田之地）。清光绪十三年（1887 年）双江拉祜族起义失败后，纳么养的两个原住民族望风迁移，传说中，因为之前大理杜文秀起义而遁入双江仙人山避难的汉族人，则在一只神奇的岩羊带领下，来到了布朗人和拉祜人村寨的废墟上：岩羊下了白雾缭绕的仙人山，到了岔箐河边就停止了奔跑，双蹄不停地刨着废墟上的遗留之物，掉过头去，咩咩咩地对着追赶自己的汉族猎人深情地叫唤，蹄子流出的鲜血染红了一根根埋在泥砾间的屋梁，直到汉族猎人把手中高高抬起的猎枪缓缓放下。因此，一群人因为一场起义而离开了纳么养，另一群人则因为另一场起义而来到了岔箐并把寨子命名为"岩羊"。清末民初，勐勐末位土司罕富文失势，500 余年的土司制告一段落，取而代之的是因为镇压 1881 年和 1903 年两次忙糯、大文拉祜族起义而有功于朝廷的五品巡检彭锟。此公经营双江多年，手上民血多，但治理双江亦有政声，特别在推广茶叶种植与营销"勐库茶"等方面立下殊功。在名字叫"纳么养"时，岔箐已有种茶史；在叫"岩羊"时，由于彭锟及其后人倡导，岔箐人从勐库引入茶籽，种下的茶树不知道有多少亩，遗留至今的古茶园就有 366.9 亩。詹英佩女士 2010 年田野调查文章记载：1920 年代中期岩羊街五天赶一次街。博尚人，景谷人，澜沧上允、沧源岩帅，还有耿马等地的人，赶着骡马五天一趟来到岩羊街。盐巴、腊肉、大米、茶叶、核桃、布匹、花丝线，还有来自缅甸的英国洋火机、洋呢帽、香香粉、玻璃镜，岩羊街样样齐全。岔箐人的东西往街子上一摆就被冠以"岩羊"二字，岩羊米，岩羊茶，岩羊鸡，岩羊腊肉，岩羊蜂蜜，"岩羊"成了岔箐人的商标。博尚来的茶商很内行，是不是岩羊茶他们捧起来看一看闻一闻就知道。岩羊茶芽头肥实绒亮，做成沱茶、饼茶，外表乌润银亮，养眼得很。岩羊茶有一种幽兰香，晒干的岩羊茶用土绵纸包起来，半个月以后土绵纸就变成香纸了，人们把那股香味称为"岩羊香"。岔箐人卖茶时总要用土绵纸包上一小包送给客商，让客商回去闻"岩羊香"。

传说中，当汉族猎人的枪口不再对着那一只岩羊时，岩羊留下了血迹，自身则化成一道白光消失在仙人山主峰的云霞里。岔箐茶曾经弥漫在澜沧江两岸的"岩羊香"也似那一束白光，闪现了，消失了，会不会再一次闪现？ 2000 年代中期我在双江所认识的第一位优异茶人蒋风才先生，他就对岔箐茶深有研究，认为岔箐茶有着幽兰之香、茶气强劲、汤稠水软、纯净清甜、甘洌绵长，只有品饮过它的人才会明白什么是唇齿留香，什么是生津与气韵。双江好茶太多，它之所以被遮蔽，是因为它像那一只岩羊一样在等候追赶它的猎人。罗正忠的儿子罗刚则说："祖上留下的茶园，我会永远守护着它，这遥远山谷中迷人的'岩羊香'一定会重新浸透每一张包茶的绵纸，去到一张张陌生的茶桌上……"说这话的时候，罗刚的母亲指着茶叶初制所下面的一块菜地插进话来：以前那儿曾经是一座电影院，后来拆掉了。当时有的人去看电影，手上握着一大瓷缸茶水，旁边的人都能闻到那个香味。顺着她指的方向看出去，我看见一轮浑圆的落日悬浮在青色峡谷中，夕照下长着茶树的山地犹如一片片岩羊出没的金色净土。

大文的恩养

一

　　大梁子村的夜是清凉的。星空在燃烧——但燃烧只是一种象征性姿态，如此密集、明亮，阐明了燃烧的方向与意义，营造出了燃烧的氛围，垂悬在头顶的星星却没有散发出人世间亲切的火焰和火焰炽热的温度。月亮还得过上几天才会圆满，在日落之前就升了起来，是典型的渐盈凸月，开口朝上，明亮的部分朝着西面即邦丙乡方向。它还没有成为天空绝对的主角，更像是大梁子村四周隐隐齿形山体上巡山神灵遗弃多年的一盏白灯。赶集天热闹非凡的村街，天色一暗，人极少，两边的店铺几乎都关了门，天光与屋檐、路灯与某些突兀的墙角所形成的暗影，或笼罩了临街的门窗，或投映在街面上，让逼仄的街道形同一条条不规则的隧洞。有一两家烧烤店倒是晚上才开始营业，屋里涌出一大团黄色灯光，罩着摆在街边的烧烤架，而烧烤架上的炭火是深红色的，跳跃的，两种面积不等的光结合在一起，光里有光，看上去就像是油画里的静物画，没有鲜明的主题，却似乎又在传递着一种类似于来自圣坛的信息。只可惜在我横穿两种光的时候，并没有人围着烧烤架小酌，没有一张张被红光照亮的脸，所以这静物画只能是静物画，不能从光学与宗教学的角度把它看成诸神与人集合的场所。烧烤店意外的光影效果，或许只是因为大梁子村的清凉而滋生的，那些幻觉中没有出现的人脸，他们可能会在夜深时出现在现实生活的烧烤架前，却不会再出现在幻觉中的静物画上：设若撇开我们向往的某种思想去谈论事件或场景，大多数巧合的东西都是不成立的，甚至是荒诞的。

在此昔日被蔑称为"倮黑大山"的腹地，三次拉祜族人揭竿而起又仓皇四散的山坳上，此时此刻，面对着取消了边界的清凉与寂静，我有理由围绕着月亮——成为它的行星——杜撰出很多"巧合"的事件，诸如今天的月亮，是从率领着拉祜人于民国初年在大梁子种茶的大卡些（大头人）李发科的墓地上升起来的，而我正好从那儿路过，看见了这一个不可能发生的奇观。诸如山路边的一棵苍松，我在它下面望月的时候，它裂开的口子里突然飘出来一支吹着芦笙和横箫的打歌队。他们每个人只有拳头那么大，在松树边的悬崖上，把双江拉祜族打歌七十二套路演绎了一遍。他们重新飞回树缝的一瞬，月亮西斜，最后面的那一个人扭头对我说："天神厄莎给人类分送文字时，拉祜祖先把文字写在了米饼上，回家路上肚子一饿，就把米饼和文字吃进了肚子里。所以，现在我们只能把故事唱给你听！"说完，也入了树缝。树缝中继续传来《追画眉鸟歌》的旋律和歌声。

歌词大意：画眉鸟白天边玩边找食，抓了这棵树又到那棵树。晚上叫儿回窝来睡觉，树头安家觉安稳。

杜撰产生美与奇迹，但我已经厌倦。在诚辉酒店二楼最北边的房间里，推开服务员告诉我"可以在早上看见云海"的那扇窗户，望着燃烧的星空和月亮，我把史料上读到的三次拉祜族起义的场景，转换成画面，让其在脑海中一一闪过。不少画面刚刚生成就极其模糊，有如眼前的夜景，微风中起伏的树丛可以看成夜幕下远征的大军，也可以看成死去和失散的亲人终于回到了故乡。

◆ 打跳中的南各来自然村拉祜族茶农

◆　打跳中的南各来自然村拉祜族茶农

二

清晨，太阳出来，月亮还在，天空纯净的蔚蓝色让我怀疑天空只是一片弧形的薄玉，它的后面有一片纤尘不染的宁静汪洋。空气里飘浮着藿香蓟若有若无的蓝色花絮。

大梁子街东南面有个平掌，开蓝花的藿香蓟和开黄花的火草丛中，屹立着大文乡最有代表性的两棵茶王树，但我没有顺道去拜访它们，而是驱车前往户那村的南各来。道路两边不时闪过大文乡 22100 多亩茶地中的某一片，台地上的大麦有齐腰深了，正在抽穗。枯黄的芭蕉、杂草和瓜藤，以及零零星星的油菜花和偶尔冲天而起的竹林，经过暖色调阳光的渲染，让萧索与艳丽共生的早春坡地景象变得格外明净、和谐。南各来，傣语，意为河边的小寨，但站在村口的拉祜族村干部开玩笑似的告诉我，意思是"掉不了头的地方"或"难得抵达之处"，大地的尽头、终点。居住在这儿的 31 户拉祜人以种植烟草和荞子为主业，养殖业也做得风生水起，茶叶是副业。同行的大文乡司法委员步加琴是位年轻漂亮的姑娘，10 年的乡村司法、调解工作，她熟悉大文乡的一条条山道如同自己的掌纹，大文乡的日常景观也已经渐渐变成了她内心的景观。她站在寨子边那几亩 180 年树龄的茶地边上，指着眼前一直向东延伸的南各来峡谷，对我说："夏末秋初的时候，两边坡地上全是满满荡荡的荞子花海，芬芳的波涛漫向山顶，同时也向着谷底的小河流淌，美得不留余地，美得波澜壮阔，可以说是大文乡最美的一道景观！"

他们说茶园面积不大，但整个户那村 4324 亩的茶园面积，还是比邦烘（743 亩）、大梁子（1566 亩）、大忙蚌（632 亩）、大文（2152

亩）、忙冒（1025亩）、千信（1548亩）、清平（3713亩）、太平（2623亩）、大南矮（1007亩）和邦驮（1052亩）等10个村的面积大。而且，入村之后，自然村组长罗发旺第一件事就是把我领到村民李云奔家的茶王树下，兴奋地告诉我，这棵茶树快200年了，第一拨可以采摘18斤鲜叶，第二拨28斤，一年采摘4到5拨。第一拨鲜叶200元一斤，其他拨的全是100元一斤。在他深情讲述这棵茶树与其他茶树的故事时，我看见有8位穿着拉祜族传统服装的中老年男女，正沿着种满了大麦和油菜的坡地走下来，汇聚到茶王树下，而且男人的挎包里全装着芦笙。我逐一记下了他们的名字和年龄：李继红，男，64岁；李有光，男，48岁；胡扎朵，男，50岁；李张妹，女，47岁；胡兴华，男，64岁；罗小三，女，67岁，李继红的妻子；胡张妹，女，53岁；何李妹，女，60岁。组长罗发旺，男，39岁。一群鲜艳无比但又饱经沧桑的拉祜人，带着乐器在盛开的油菜花地里，围着一棵古茶树，套用以色列诗人阿米亥的话说：这景象多像一种至美至善的"宗教"正在发源。

唯美的人群越集越多，后来达到了20多人，并从茶王树下爬坡返回寨子，来到了半山腰上云南南国雄茶叶有限公司初制加工厂凌空的院坝内。众人围成圈，吹起芦笙，跳起了《敬您歌》《日出歌》和《老鼠翻身歌》。我则与李继红、罗发旺和胡兴华三人进行了简单的交流，实录如下：

我：家里有几口人？

李继红：夫妻两个，有一儿一女。女儿嫁到了远地方，儿子外出打工，收入不明。

我：你家有多少茶地，价格如何？

李继红：茶地有4亩，采摘鲜叶250公斤左右，1.5元至16元一斤

◆　南各来自然村拉祜族茶农

不等，收入 3000 元左右。

我：还有其他收入吗？

李继红：种了 4 亩烤烟，净收入 6000 元。

我：家里有几口人？

罗发旺：老人、孩子和我们夫妻，共 5 个。

我：有多少茶地，收入怎么样？

罗发旺：总共有 8 亩，可采摘的 6 亩。大树茶 16 元一斤鲜叶，雨水茶 1.5 元一斤鲜叶。收入 6000 元左右。

我：做茶工艺近年有什么变化吗？

罗发旺：以前杀青的铁锅薄，只有 15 公斤重，杀青时火候不易掌握，茶质差。现在换成了 86 公斤重的厚铁锅，做出来的茶叶比以前香多了。村子里有人做的古树茶，卖到了 2400 元左右一公斤。

我：烤烟呢？

罗发旺：我家种了 13 亩烤烟，毛收入 4.9 万元，扣除生产投入，真正到手的钱有 2.7 万元。

我：听说你家是养殖大户？

罗发旺：我养了 120 头猪、几只羊和几头牛。春节前把 50 头猪卖给外地开着车来购买的人，收入 9 万元。他们都说，南各来的猪肉才是真正的猪肉，太香了。

我：谈谈你家的情况吧。

胡兴华：我家有 7 口人。茶地 6 亩，其中有 10 多棵古茶树，鲜叶卖 50 元一公斤，收入 3000 元左右，其他的茶叶全部收入也才 5000 元。

我：烤烟呢？

胡兴华：种了 11 亩，毛收入 4.6 万元，刨除 1 万元生产投入，净收入 3.6 万元。

我：你们祖上是从哪儿来的？

胡兴华：据说是从大理走到楚雄，然后走到了这儿。

我们的交流其实并没有完结，他们就被其他人拉去打歌了。我出了茶叶初制所，沿着寨子里一直向下的土路自由地走着，见寨子中部东边山丘上有一座小教堂，就走了进去。教堂十分简陋，凳子上随意放着几册拉祜语版的《圣经》和《赞美诗》，有的封面都快掉了，书脊破损不堪。传道人是 63 岁的李向前，就是寨子里的拉祜人，他穿着深蓝色中山服，太阳帽下面露出的双鬓已经灰白，面相非常和蔼。他说，以前有 50 多个信众，现在只剩 30 多个，一些爱干酒的人，外出打工的人，慢慢地就不来了，迷路了。教堂外的边坡上种了不少竹子，下山丘的台阶旁有一棵很大的黑心树和一棵缅桂。我仰头看黑心树的冠盖时，还能听见打歌芦笙的声音从半山腰快活地倾泻下来。对了，以前看一本民国时期写的书，说有个外国传教士到"俅黑大山"里的拉祜人中间传道，拉祜人信仰的是诸葛孔明，没有人接受他。他在把经书翻译成拉祜语时，就把诸葛孔明当成耶稣的弟弟加了进去，然后骗拉祜人，诸葛孔明都听耶稣的话，你们也得听，所以不少的拉祜人就信了他。我问李向前有没有这件事，他说没有听说过，而且他读的经书里没有诸葛孔明。又问他，用拉祜语翻译的经书有多少版本，他摇了摇头，说他不清楚。

三

老虎是怎么诞生的？

拉祜人罗扎克告诉我，别的地方对"拉祜"这个词的翻译不准确，我们不是"猎虎的民族"，也不是"用火烤老虎肉的民族"。正确的翻译是：拉祜，老虎的伙伴、虎伴。当我听到"虎伴"一词，我就决定将流传于澜沧江流域一个关于老虎的故事整理出来：

从前，拉祜人的一个若末（大酋长），在美如仙境的地方建立了部落辉煌的宫殿。他的妻子美如仙女，身边的军师与勇士有的会占卜，有的会制作芦笙，有的能杀狮子，有的充满了解决一切世俗问题的智慧，有的记忆力惊人能把祖先的来历说得一清二楚，有的能通灵常常与山神进行沟通，有的精通医学。若末无论走到什么地方，身边都带着他们。但他们有一个非常大的缺点：不善于战争，每一次外族部落来侵犯，他们总是吃败仗，不得不用黄金白银去换取和平。若末为此非常苦恼。一位军师就告诉他，部落领地的南边有一条大江，大江的南岸有一座古寺，古寺里住着一位无所不能的人，我们可以去向这个人学习无所不能的法术。若末听后大喜，第二天就领着妻子、军师和勇士踏上了南下求学的旅程。

无所不能的人在古寺中接待了若末一行，并欣然应允了他们求教的要求——不仅仅在很短时间内教会了他们打胜仗的法门，也教会了他们一身的武艺和制造武器的技术，同时还教会他们变成各种野兽和鬼神的秘技，以及打歌、跳舞、种茶、驯狗的诸多本领。但当他们走在返回部落的路上，因为无所不能的人忘了教会他们把万物变成美食的方法，而这条道路的两边又根本找不到可以食用的东西，他们陷入了随时可能被饿死的困境。又是那一位军师站了出来，对若末说，尊敬的若末啊，我们不是学会了变成野兽的法术了吗，能不能我们现在就变成老虎，既跑得快，又能到前面的森林中捕捉其他动物来充饥，等回到部落后我们再变回自己的原貌。若末觉得这是一个不错的办法，就命令四个勇士变成老虎的四条腿，会占卜的军师变成老虎尾巴，仙女一样的妻子变成老虎的腰身，自己则变成老虎的头颅。他们同时摇身一变，其他没变的随从面前马上就出现了一只凶猛无比的老虎。老虎闪电一样扑向远处的森林，没变的随从则忍饥挨饿继续朝着部落的方向跋涉，并最终回到了部落。

若末、若末的妻子、军师和勇士所共同变成的那头老虎却再也没有回到部落——他们变成老虎后，迅速成为森林之王，自由自在而且威风八面，觉得这样的生活正是自己梦寐以求的，慢慢地就把自己的部落忘记了。

四

"从胖品到双江渡口只有 10 公里，爷爷辈的人，用牛驮着茶叶和棉花，摆渡过了澜沧江，三天半就能到达景谷县的吴允大街。卖了茶叶和棉花，买上足够多的盐，三天半又回来了，但沿途有老虎出没，牛走得慢，以防意外，从来不敢在野外露宿，每一天都得到寨子里歇息。有时候，他们也不去景谷、景东，而是用牛驮着棉花去勐缅（临沧），回来时背着一把把刀，卖给寨子里的人。"在胖品村罕学明的家里，听着罕学明背着孙子站在屋中央，一边摇晃着上身逗背上的孙子入睡，一边漫滤地说着。他的方脸是古铜色的，有个大鼻子，双鬓微白，与他孙子红缎子做成的"财主帽"下面那张白净、细嫩的小圆脸形成鲜明的对比。

胖品（傣语，意为土地肥沃的地方）是大梁子村委会下属的一个布朗族自然村，全村 180 户 470 人。与邦丙大寨的布朗人来自顺宁十三寨

◆ 胖品村

◆ 胖品村茶农罕学明建起了本村第一家茶叶初制所

不同，罕学明说，他们祖上是从普洱市的景东县搬迁而来，由东而向西迁，过了澜沧江，携家带口，爬上了"俅黑大山"，也可以说上了坝卡山，上了大坟山，上了上改心属地，上了大文山，一个地方，不同的时代有不同的地名。可他也说不清楚，到底是大文乡叫什么名字的时候，他的祖上来到了这儿。是什么时候选定了寨心，在寨心树底埋下了银子。是什么时候在寨子南边的山箐中挖出了水井，在水井旁边的森林中选定了竜树，砌起了祭奠"糯武"（仙人山）和"勐缅"等众山神的祭台。罕学明的爷爷和父亲生前均是竜头，弟弟罕学高承袭了神职，但外出了，我无缘当面向其求教。法国巴黎海外传教会的传教士保禄·维亚尔1885年开始在圭山撒尼人中间传道，他著述的《我与撒尼人》（2015年7月云南人民出版社出版）一书中，有一段描述彝族毕摩的文字："（毕摩）他自己就是一部活文献，里面满载着传统。毕摩也就是祈祷师，专门办理婚丧嫁娶和每年的祭祀。毕摩也是舞蹈老师，因为撒尼的舞蹈总是宗教性质的。除了这些职能外，这位毕摩还有另一个头衔，他是神。靠着他手头的一部魔法书，他能预测未来、找到丢失的物品、给人指路、算出哪一天出行大吉。他干这些事的时候信心十足，那般驾轻就熟，无所顾忌的劲儿，简直令人倾倒……这是一种职业，而且干这一行要有天生才能。"传教士、毕摩与竜头三者的职责可能存在极大的差异，职业性质却是相似的，所以保禄·维亚尔之言，亦可当成一种竜头对另一种竜头的职业性注释。

胖品的茶地有1400亩，"在我不懂事的时候，山坡上就有着50亩左右的古茶林，"罕学明再次尝试着把背上的孙子弄入睡，而孙子根本没有什么睡意，伸出手来抓他脖颈后的迷彩服领子，他笑了笑，才接着说，"古茶林应该是民国时期甚至更早以前就种植的，然后，1958年种了200多亩，1983年至1984年又种了1000多亩。"根据他的说法，因为有旱谷地 1300 多亩，水田 170 亩，胖品多年来都是以种粮为主，其次是种植棉花，茶叶则是勐海县的人过来收茶，他们要多少胖品人就做多少，150 元左右一公斤头春毛茶，也不分古茶新茶，混在一起卖。他家在 2019 年建起了第一家初制所，接着支书俸胜财家也建起了初制所，目前就他们两家——目的就是由他们带头，把寨子的产业调整到茶叶、坚果和甘蔗种植及养殖上来。"那么多的茶地，茶叶品质在爷爷辈的时候就得到了江对岸普洱人的称赞，不将它做成主业，对不起种茶的先人，"停顿了一下，又说，"也对不起现在这普洱茶大发展的新时代！"对胖品的茶叶品质，罕学明一点儿也不担心，他担心两件事：一是胖品太偏远了，很多人不认识胖品茶，没有好的推广方案；二是村里的年轻人都约着或去山东济南机场和上海造船厂打工，或去西双版纳等地割胶、砍甘蔗，寨子里没有充足的人手。

就自然生态和民族文化而言，胖品是一个令我心花怒放的地方，深藏在远山，风轻云白，古榕、古樟、古榉犹如撑天的神木，建在雾海半岛上的寨子净洁如仙城，人不多但一旦跳起蜂桶鼓舞来，鼓声能传遍四面群山里所有的布朗人和拉祜人山寨。沿着新修的石台阶和栈道在寨子里走了一圈，遇上的人我都视为隐士或仙娃。我给牛让路，不大声讲话，害怕惊扰了树上的鸟和村下的鸡。我甚至觉得自己满身风尘，很脏，匹配不了这儿古老的鸡罩笼房和新建的干栏式洋楼，也匹配不了那些叶片上没有灰尘的一草一木。所以，去竜林参观时，我胆战心惊，脚步轻得像鬼走路，眼睛不敢仰视，双手不敢甩动，屏住呼吸，担心自己有意无意的任何言行都是冒犯，会受到惩罚。竜林中的祭台是用六块水泥板搭设的，分为两层，下面一层放着一个木墩，四块木板，上面一层插着蜡条。祭台后面的山上，是几棵罕学明和我都不知道名字的树，笔直，苍劲，直抵天空的穹顶。

◆ 胖品村的竜林祭台

五

接到步加琴的电话后，年轻的拉祜人张龙提前半个小时就来到公路边等我们。他和他的影子都伸长了脖子左右转动着脑袋，用目光搜索着公路上往来的车辆，看哪一辆会突然停在他面前。中午的阳光对谁都不那么友善，而且陡然来临的春风不仅能把人吹歪，还会把不知从哪儿卷来的一团团尘土不管不顾地撒在你身上。清代纪昀的《阅微草堂笔记》中有一则故事，大意是某人在沙漠边散步，一阵大风弥天漫卷而来，可风从他头上过时，却掉下来一个人。他走近一看，发现这人竟是唐朝守边的士兵。唐朝与清朝中间隔了一千多年，这风之大，把两个朝代之间的王朝全裹封在了自己翻卷的漩涡与吼啸中。

大风中能掉下来一个古代的士兵，大风中当然也能掉下来几棵古代的茶树。张龙在公路边迎风久等，他的任务就是做向导，带我们去参观大梁子村的那几棵古茶树。德昂族的创世古歌里有过交代，人是大风从茶树上吹落的叶子变成的。见面的一瞬，给我的感觉，张龙也应该是茶树的叶子变成的，因为在我和他之间隔着一阵大风，他是模糊的，沙尘很大，我闭上了眼睛，再睁开，他已经从大风中走了过来，像一片大风送来的茶叶。而事实上他也像古茶树的儿子，简单寒暄了几句，他就领着我们进入公路边芭蕉、竹林和各种草木混生的坡地，他知道从公路到某棵茶树的垂直距离，熟悉这棵茶树通往另一棵茶树的每一条看不见人迹的小路，并且知道哪一条没有被鬼针草覆盖，哪一条的两边矗立着的坟墓数量。在走向一棵单独生长的古茶树途中，我看见他用手指了指山坡巅顶，对步加琴说："大头人李发科的坟就在上面。"李发科是 1903

年 3 月大文、忙糯拉祜族起义军首领之一的李三民的孙子，1927 年领着那户寨 10 多户拉祜人迁到战乱废墟上的大梁子，曾亲手把几百斤茶籽播种在了这片土地上。

战争总是让神殿和家园化为灰烬，大地重返太初的万无与荒凉。在我的观念中，那些在灰烬和废墟上重建世界的人，他们也是人类特别的源头，是创世者和万有的缔造者。所以，我一点儿也不关心张龙带我们去看的一棵棵茶树有多少年树龄，产量多少，价格多少，味道如何。从炮灰中长出来，它们就是伊甸园里的第一批茶树。尽管我怀疑在李发科及其父亲李扎主之先，也会有更早的茶树是这片土地的主人。张龙说，大梁子的古茶园面积是 479 亩，但从其不连片，总是单株独立生存的面貌来分析，它们中间的辽阔空地上肯定有更多的茶树因为各种原因而消失了，没人分得清这些幸存者哪些是李发科的作品，哪些是匿名者的遗产。

被人们命名为 1 号和 2 号的两棵古茶树，它们所在的坡地与大梁子街仅一路之隔。坡地上有坟墓，也还有几棵树形相对小的茶树，地面上藿香蓟和火草的花正在开放，蓝花与黄花并不协调但又密密麻麻地交织在一起，像土地神亲手编织的一张地毯，借以凸显庞然大物一样的两棵标志性茶王树人工赋予的崇高威仪。1 号茶树是母树，2 号茶树是公树，它们俨然是一对遗世之侣，历经万变，在自己枝条上摘取叶片的人，不知有多少个埋葬在身边的沃土中，俯视中的大梁子街一变再变，没有一刻是静止的，唯有它们连年在失去叶芽而又万无一失，如此笃定，清迈而又隐忍。距离它们 100 余米的台地下面是大梁子村二组的聚落，一场婚礼正在举行。新郎是拉祜人李兵，新娘是傣族人俸敏婷，流水席上人们喝酒、欢唱，每个人的身体里都有一尊快乐之神。我对着一对茶侣合十作礼，转过身又对着婚礼现场合十作礼，天上的一对，人间的一对，他们是邻居。

又来到路上，一阵大风卷过，我回头一看，相信这两棵茶树也是从大风里掉下来的，只是我无法验明它们曾经生长在哪个朝代，也没有看见它们降临在大梁子村时的景象。大风从正面吹来，我转过身，倒退着走路。

六

一些人变成老虎，没有再回到拉祜族人中间，那些回来的人在描述老虎的形象时却充满了热情和敬仰：老虎的头之所以高昂，目光睥睨万物，是因为我们大酋长的宝座安放在老虎眼眶后面的宫殿；老虎的身躯之所以灵动、奇美无比，老虎的四条腿之所以像钢铁一样孔武百倍，是因为它们占用了拉祜人美与力量的象征；至于老虎总能用尾巴探测到陌生的猎物，是因为这尾巴至今还黏附着拉祜人伟大占卜师的灵魂。一句话：老虎之所以具有这个形象和肉身，是因为它们有着拉祜人的血统，是拉祜人的一个分支。

我为这样的襟抱动容，但我觉得更应该接受赞美的——假如老虎也乐于赞美——是那些从江对岸回来的人，以及他们作为描述者的第三种身份。不少的箴言集中都有这样的语句："回来的方向永远朝着祖先的神灵。"夜宿大文街，听着吃水河整夜不间断的水声，幻觉中我疑似看见了很多根老虎的尾巴在搅动着河水，却难以分辨老虎是在与河水为敌，还是在预示时间的暂时性停顿。众多讲述者的后人已经在四周的高山上沉静地睡着了，有的在梦中抱着茶树飞翔，有的因为黄昏时喝醉了酒，正在床边上嚼食甘蔗解渴。我分明觉察到了老虎诞生之说，原则上与拉祜人历史命运不相吻合的地方，但又宁愿将其归类于寓言，也不愿将他们美梦般的内心愿望轻率地当成一种狂想式的虚构。

吃水河边上的坝卡，在我的冥想中，它是老虎和"回来的人"分开的地方。清嘉庆四年（1799年）李文明、李小虎拉祜族起义时，它是5万起义军的中枢，很多起义和镇压起义的人消失在了那儿。1985年的县地名志上："坝卡，在大文乡政府驻地西0.8公里，有1户，5人，汉族。坝卡，傣语。坝，平掌；卡，茅草。意为有茅草的平地。"现在，2023年2月，坝卡有汉族6户27人，有拉祜族2户5人，共计8户人家，32人。

七

在公路边下车，我们徒步走进大南矮村。天空不再是大梁子村顶上那片背后藏着汪洋的弧形薄玉。这片天空虽然还是蓝底，一种从天空的天空深处一直蓝下来的情深意切的纯蓝，蓝到天空的表层还想继续蓝到我们的头顶，但被一些薄如蝉翼，同时又形状各异的白云阻止了。或者说就在天空即将垂落到我们头上时，我们与天空之间突然出现了一只只白色薄云幻化而成的舒展的巨翅，轻飘飘地就托住了下沉的蓝色天空。我们头上的天空因此变成了无数白色巨翅与无数蓝色天渊共存的浩瀚布景。

这条路也不像其他山路，或弯弯曲曲、荡气回肠地伸入天空，或向下垂落状如一泓溪水，转眼之间就在深峡与悬崖下面失踪。它是与天空和峡谷底部的河流平行的，路线上的弧度与路面的起伏完全是有节制的，没有失去控制。路的两边，左边是幽森的峡谷，右边是低缓的山丘。山谷的边坡上，松树和楠竹从潮湿、黏腻的谷底开始生长，终于长成了同类中的巨人，高不可攀，但它们的顶部多数只是够着了路沿，只有少数几棵、几丛比路面高出少许，恍惚中就像是在与我们并肩而行。右边的山丘，其本身就全面高于道路，上面的植物仍然是松树和楠竹居多。所有的高度全部展现在我们的头顶，任何一种个体的高度明显高出了它们真实的尺寸，即使被风吹倒的楠竹从半坡上倒挂下来，高度消失了但我们却发现了它们惊人的长度。路不长，但我仿佛是在从有着不同价值观的两个世界中间经过，浅显的隐喻令人心神松弛，步履轻捷，直到一棵大榕树挡住了去路，道路一再分叉，消失在大南矮村72户人家的大门内。

大南矮是著名布朗族作家陶玉明的故乡。2012年他以散文集《我的乡村》荣获第十届全国少数民族文学创作"骏马奖"时说过："乡村是我生命的母土、灵魂的栖息地、永远的精神家园。"在散文《江边山·白花地》中，他写道：

我从未在外人面前提到过老家的地名。因为，在我所听到过的乡村地名中，老家的地名是最土气的一个。那土得掉渣的村名也许是在那遥远的时代，部落民族在苦难中发出的声音。老家的村名沿用的是古老的少数民族地名。那个时候，汉语还远远没有流传到这个村寨，现在用汉语翻译出来，意思大致是"用土罐背水的地方"。与水有关的村庄用土罐背水，足见水的稀缺。

…………

老家山多，但地无三尺平，路无三丈宽，地形地貌千姿百态，山的命名也千奇百怪。有的山以形貌命名，如仙人山、马鞍山、牛头山、磨盘山；有的山以色彩命名，如大黑山、大青山、红土山、黄土山；有的山以人物命名，如艾宝山、尼章山、布腊山、月娥山；有的山以动物命名，如马鹿山、麂子山、豹子山、猴子山、岩羊山；有的山以树木命名，如麻栗山、橄榄山、松树山、白花山、樱桃山、桦树山、芒果山；有的

◆ 大南矮村牛腿琴

山以石头命名，如大石头山、小石头山、石板山、石墩山；有的山以神话传说和故事命名，如公主山、征战山、买牛山、歇马山。每一座山都有一段神话，每一块地都有一个故事。这些神话和故事滋养着故乡人的灵魂，让老家人坚信，家乡的这块土地是人神共居的家园。

因为陶玉明的文字中有"橄榄山"，我突然就想起了大卫边哭边上橄榄山的场景，而且觉得，在写作大南矮这个被称为"故乡"的村寨时，他的情形与大卫上橄榄山的情形是相似的。当然，这种情形不止于他们，面朝故乡或者圣地的人都是这样的。可让我诧异的是，陶玉明用了很多汉字刻画过的这个苦难无比的村寨，当它进入我的视野却犹如一座天堂：傣语里只有 82 家住户的天堂。苦难的亲历者与寻找桃花源的过客，在面对同一个村寨时，肯定会生发出不同的经验与幻觉，我的经验与幻觉更多依靠表象和虚构，而他基于血统和命运——这几乎是不可能汇合的两条河流的两个源头，所以在我向他致敬的时刻，我还是忍不住将他文字中所写的苦难放到了一边，善意地、顽固地、用心去贴近自己所看见的大南矮。

与幻想中的"圣地"相同，大南矮迎向道路的第一座房子里藏着很多的大鼓和小鼓，这些人类生活仪典上开启序幕的神圣道具，第一眼看见，我就将它们与剧院道具库中那些鼓进行了区分：它们不是戏剧中渲染气氛的乐器，也不像是发出指令的法器，是鼓状的岩石——地球上的第一批名叫鼓的东西，带毛的牛皮是一群牛主动来到刚刚箍好的木桶旁献出来的，而木桶也是木头主动来到人们手上接受另一种命运，它们的肌理、纹路、色泽保持了太初的原样，一切均由造物主决定。79 岁的做鼓人刀世良只是其拣选的使者，聆听着古老的指派，拿起黑铁工具，制作完毕后，不取分文报酬，赠送给需要它们的人。我用左手摸着一个鼓的牛皮与木桶粗粝的接合部，慢慢移向鼓面，五根指头微微上扬，轻轻地开始敲击，它的声音若有若无，但能觉察到牛皮的轻颤，如同卧在江心里那些巨石承受激流的冲撞时产生的微颤，一点儿不像我在南直村所听到的蜂桶鼓的沉吟与轰响——即便用鼓槌疯狂地击打，也许它的声音也会是隐忍沉郁的，其爆炸力永远不会表现在人们的触角中。陶玉明的散文《青山翠谷里的壮歌》中有个小故事：1966年村里修水库，一对男女在工地上相爱了，由于他们各自都有家庭，爱情得不到应许，两个人就从仓库偷来足以炸飞几吨重石头的炸药，放在一个废旧工棚的床底下，然后就相抱着躺了上去并点燃了引线。但他们并没有被炸死，而是被爆炸产生的强大冲击气流，连同床板"吹"到了旁边的树冠上。人们把他们从树冠上救下来，两个人竟然毫发无损，只是被吓坏了。人们也因此谅解了他们，他们组成了家庭，现在还活着。众多的蜂桶鼓一齐擂响，也有这效果吗？我不知道。

刀世良一边用左手肘杵着他做的鼓，一边比画着右手，告诉我，大南矮的老茶树有500亩，新茶园600亩，整个大南矮村有3家初制所，每年有5到6吨的量，但价格不高，古茶32元左右一公斤鲜叶，新茶园的茶16到20元左右一公斤鲜叶。"地方太偏，量也不大，没人注意。"话一说完，眼光又转到了他的鼓上，自言自语："我都记不清自己做了送人的鼓有多少个了。"他身边像影子一样跟着他的人，同样是79岁，名叫陶应贵，是牛腿琴省级非遗传承人，耳朵已经不太灵光，他指着他，又补充了一句："他做了送人的牛腿琴，数量我倒是记得，有60多个了。"陶应贵的家就在村头，从堆鼓的房子里出来，我们去了他家。他的家有个院子，不大，地上有鸡屎和其他垃圾，进了门，他就拿起扫帚开始清扫。新做的牛腿琴已经送给了别人，家里留着一把旧的，很久没弹，沾满了灰尘。他取出来横放在腿上，用手和衣袖漫不经心

◆　大南矮村牛腿琴云南省非遗传承人陶应贵

地擦着，望向我们的目光是羞涩的。当我们大声地对着他的耳朵恳求他弹唱时，他犹豫再三，手拨琴弦，发现三根弦都不准了，反复调试，还是不准。刀世良和另外一个老人又接过去调了一阵，还到他的手上。他又调了一会儿，才慢悠悠地弹起一支曲子。他明显听不见自己的琴声了，琴声丝丝缕缕，如泣如诉，却是欢快的，如明亮的诉说。如在月亮下，水边，林中，萤火虫飞来飞去，虫声合鸣，头上星宿闪烁，老人的明亮之心，令万物清澈、静谧。院子外有黄昏时归来的牛铃声、嘈杂的人语，他自然也听不见，跟着心上的琴声仿佛回到了记忆中的某地和某个人的身边。他弹奏的不是牛腿状的木琴，倒像是他自己的一根肋骨。琴声一息，他唱起了一支歌，我不知道他唱的是什么内容，似乎是在对风讲述什么，在对屋外满地的榕树叶子叮嘱什么，也像是在对着某个人的背影独白。没有猜疑，惊诧，怨气，他的喉咙、舌头、声音干净得像来自天空、缅寺和清泉。

寨子的确不大，几分钟就能走到尽头。尽头上的缅寺十分简易，1998年建起，2021年又进行了翻修，没有常住的佛爷。寺后的榕树，体量远大于缅寺，废墟形成的灰土丘裸露着泥巴自身的色彩，没有清理，堆着的几根旧木桩像土里伸出来的大地之骨。整个场景既有着对人间的深情依傍，又透出对世界的精神疏离，我就站在那儿，可又觉得它离我十分遥远，反向看见的夕阳之光照见的屋顶，不少的反光投射到那些巨翅般的云朵上，在丰饶无边的光线背景下，大榕树周围的房屋以及路上突然闪现又突然闪失的人影，令我恍惚：仿佛自己就是苍老的陶应贵或刀世良，做鼓送人，做琴送人，变成了一个在解脱与归乡之间徘徊的时间的孩子。

八

明万历二十七年（1599年），也就是傣历961年，勐勐第十代傣族土司罕定法，因为双勐区域内部族之间连年战乱，百姓怨声载道，深感自己责任重大但又无能为力，心神涣散，便领着一帮心腹幕僚来到了"打黑渡口"，把第六代土司罕练法费尽移山心力，才从明王朝云南"混洪王允楞密底哈"（意指云南最高官员承宣布政使司）那儿得来的孝宗皇帝颁发的土司金印，"扑通"一声丢进了澜沧江的激流中。

《勐勐土司世系》一书的注释中说，罕定法丢金印的"打黑渡口"，现已变成了一个沙丘。双江县从澜沧江东渡景谷县和南渡澜沧县，现在的地图上找不到"打黑渡口"这个名称了，倒是1985年编纂印刷的《云南省双江拉祜族佤族布朗族傣族自治县地名志》中，有"打环渡口"这个词条，注释如下："渡口，在千信乡东南5公里，海拔676米。双江至景谷县澜沧江渡口。人工摆渡，设有竹筏。打环，傣语，意为渡口附近有靛。"2020年重修的《双江拉祜族佤族布朗族傣族自治县志》中称，"打环渡口"又称章外渡口。但"打环"是否就是"打黑"，我多方求证无果，待日后再进行考证。之所以对此史料感兴趣，不完全是因为"罕定法丢金印"所具有的故事传奇性，而是因为在第六代土司罕练法之前，也就是第五代土司罕柏发（亦有"罕廷法"之说，1477—1499年在位）已于明成化二十一年即1485年从古六大茶山引种茶叶于双江，而打环渡口正是古代双江人由景谷通往普洱和西双版纳的两条古道之一。由打环渡口过澜沧江，经夏里街、箐门口、薅枝坝、亮山、勐戞（今永平镇），最终抵达景谷县城；另一条则是从忙糯忙蚌渡口过江，经芒俄、白沙坡、新塘、大磨刀河、小磨刀河、勐戞，最终抵达景谷县城。它们是普洱府茶马古道网络上由景谷县展开的著名的"西线"，再与双江入澜沧的古道组成一体，这些古道的存在，就说明了一个事实：历史上，临沧特别是双江，一直是茶马古道串连起来的普洱茶帝国中的重要板块，并非孤悬或孤立之地，而大文即是最重要的通道之一。

《道光云南通志稿》中亦有一则妙文说，明朝万历年间，缅宁的大慈寺有一位名叫"阿约提雅"的异域僧人，道行高洁，独得薪传，过去未来事，无不周知。能辟谷，很多年不吃东西，精健异常，活了100多岁，无疾而逝。这个僧人入寂后，有人从普洱府来临沧，说是在茶山上的道路边看见阿约提雅打坐，喊他，他却不答应。人们算了一下时间，这个普洱府来客见到打坐的阿约提雅之日，正好是阿约提雅在大慈寺入寂之日。读到这则文字，我得出了这个结论：明朝之时，由临沧、双江通往普洱府的路上，茶山应该是已经很多了，而幻象中阿约提雅坐化的茶山也许就在双江的大文，或者忙糯。

忙糯的香炉

一

从名叫杨德渊和铜金的两个和尚说起。

杨德渊是重庆酉阳人，但从小生活在大理鸡足山并出家，成了清政府定为"邪教"的鸡足山大乘教（又称张保太大乘教，系景东人张保太所创立）的信徒。此教将儒释道"三教合一"，供奉无极圣祖、玉皇大帝和弥勒佛，教义中明示，只要入教修行，将来便可成佛升天，不受阴司苦累。而且它明确反抗清政府，倡导教徒抗暴举事。经过几十年经营，形成了以滇、黔、川为中心，势力抵达湖广、陕甘、山西、河南、安徽、两广和江南诸省的庞大教会组织。乾隆十一年（1746年），由于教案频发，云贵总督兼贵州巡抚张广泗采用"设间卧底"策略，利用四月十五日大乘教做火官会期之机，将贵州大乘教主魏王氏等全部抓捕。随后，又趁势抓捕了云南大乘教主张晓（张保太义子，乾隆六年张保太死于狱中后，继承教主位）和四川大乘教主刘奇及上千名大乘教和尚。罪责轻微的和

◆ 忙糯的香炉

尚则予以遣散，逐出庙堂——杨德渊就是被遣和尚中的一员。

杨德渊离开鸡足山后，先是去了缅甸，住在木邦，苦心"改良"大乘教，初步确立了"五佛五经"体系和"村落·佛区·中心佛房"三级政治系统，盼望着有朝一日自己也能创立一个政教合一的政权，继续反清抗清。乾隆二十七年（1762年），缅甸雍籍牙王朝在缅王莽继觉盲目指挥下，意在彻底推翻对清政府的内附纳贡格局，派兵进入云南九龙江和滚弄江的耿马、孟定、车里等地，征收花马礼贡赋，挑起了历史上持续时间长达8年之久的"花马礼战争"。战争在1770年七月是以议和为结局的，缅甸按照旧制重新对清称臣纳贡，清朝同意重开双方边境贸易。但在作为旁观者的杨德渊看来，清政府宣传的"十全武功"纯属天方夜谭，他所在的木邦城，1767年十二月两度易主，清军参赞大臣珠鲁讷因为守城无望而自杀身亡，两位总兵胡大猷和胡邦祐相继战死，但还是得而复失，在战争中根本无法从对方身上讨到半点便宜。因此，战争一停，他便一袭黄袍，只身来到了澜沧江西岸倮黑大山中的忙糯传播他改良过的大乘教。由于他劝人向善，举止善良，仪表若仙，不少拉祜人很快皈依，称其为"改心和尚"，或称其"佛祖帕"，与创世天神厄莎齐名。而他也就借此在不少拉祜寨建起了佛房，初步搭建起了他政教合一的政权雏形。乾隆五十五年（1790年），杨德渊前往澜沧县南栅村创建中心佛房，培养出了300多名大乘佛教弟子，其中最著名的四个弟子分别是铜登、铜渭、铜碑和铜金。他们把教区或说势力范围从倮黑大山扩大到了大理、普洱、顺宁和缅甸，特别是在双江、澜沧建起了中心佛房50多间，村寨佛房500多间，并成为以佛房为中心的政教合一的政治体系的领导者。而且，经过杨德渊的进一步改良，大乘教不再是传统的佛教，教义中明确指出，修行核心乃是在佛祖的带领下反抗清朝廷的严苛统治和土司领主制的层层盘剥与欺凌。

杨德渊死后，其衣钵传给了铜金，铜金成为南栅佛房以及澜沧江两岸所有佛房的"领导者"和"佛王"。他在坝卡建起的中心佛房，四周有营盘、深壕和几层木栅，可以号令 50 余寨上万人众。同时他还控制了募莱银厂、景谷盐矿和粮食交易，所做的买卖关乎几十万人的生死，不仅是澜沧江两岸的宗教领袖，还是富甲一方的巨贾。杨德渊构想中的"村落·佛区·中心佛房"三级政治系统或佛王体制，在他手上落到了实处。

铜金，汉族，俗名张辅国，真正的 1799 年拉祜族起义领导人。他组织的一个佛教仪典，就为起义提供了 5 万多战士。

二

往深涧里走，失重感愈来愈明显，但人也会惊奇地发现，云雾线之下，我们视为深渊的地方同样有阳光照耀，坡地、溪水、草木各守其法度，万物的秩序和状态与云雾线之上没有什么区别。反而觉得，因为没有了群山的一座座顶峰和巨大的天幕作为背景，数丈高的松树和香樟，齐腰的灌木和横向生长的藤蔓，遽然变得亲切起来，就像是多年来自己身边长久相处的那群人。晨雾散尽，留在树梢和土丘上的青烟先是团状的，继而丝丝缕缕，慢慢地就没有了踪影。真实的事物尽数显现，不像瑞典诗人特朗斯特罗姆所说的"从梦中往外跳伞"，更像是王维《送梓州李使君》诗中所写的"万壑树参天，千山响杜鹃"——所有的事物原地不动，却仿佛经历了一场死亡与复活的旅行后终于回到了自身，又以自身公然面世。

路不好走——和所有山中下坡路一样——泥泞、弯道、向下的冲力，让人感到不是自己在走，而是在替别人向自己转嫁重负。但我们只是下到半山，并没有去往深涧的谷底。当一个名叫"下滚岗"的寨子出现在山脊上，我们几乎是在一条平行的曲线上向着寨子挪移，不费什么大的气力。走到一片松树林边上，与我同行的忙糯乡副乡长、武装部部长周云指着不远处两幢相依的房屋说："门顶上画着金葫芦的那两间房子就是孔金木家，10多分钟就能走到。"阳光把金葫芦照得金光闪闪，旧一点的那座房屋前有个女子在弯腰做着什么，新修的这座房前还有几个男人在铲土，用沙土车把建筑垃圾运到箐边倒掉。周云与孔金木打过交道，放声一喊，孔金木举着铁锹在空中朝着我们晃了几下，噢噢噢地回应了几声。见了面，简单寒暄后，我们围着室外的一张木桌坐下，10米外的松树林和山涧对面种满茶树的山梁尽收眼底，一杯"滚岗茶"入腹，惬意很快就取代了山中行路的疲累。我没有问询孔金木的年纪，大抵就在35岁上下吧，黑脸、浓发、大眼、挺立的大鼻子，壮实的身躯1.7米左右，穿着印有FUTURA字样的灰T恤和一条灰黑色牛仔裤，脚上是一双风格时尚的胶鞋，站着或坐着，他都像一个包浆的旧木雕像。我们的话题是从旧房与新房之间搭设了采摘竹架的那三棵古茶树开始的。

我：这三棵茶树，应该不是你们建房子时才种下的吧？

孔金木：哈哈哈，你开玩笑啊，我的父亲小的时候它们差不多就是这个样子了。

我：知道确切的年份吗？

孔金木：不知道，也没有知道的必要。

我：唉，知道年份，万一它们已经有1000年，它们就是茶王树，就会有人找着来买茶了。

◆ 下滚岗村茶农孔金木

孔金木：你又说笑了，我们拉祜人不做这种自己也没把握的事，不知道就是不知道，假装知道心里不踏实。而且现在也有人从远处跑来买我的茶叶。

我：多少钱一公斤？我说的是这三棵古茶。

孔金木：第一拨春茶我不乱采，只有5公斤左右，2000元一公斤。另外，我家还有10多亩古茶园和6亩新茶园，都是混采，有700公斤左右，460元一公斤。有些客户要买单株茶，那就2000元左右一公斤。

我：你是什么时候开始做茶的？

孔金木：祖祖辈辈做茶，我从小就到后来由著名茶人杨加龙收购掉的龙头山茶叶初制所去打工了，是闻着茶香长大的（他一边说，一边抬手指了指对面山梁上的厂房）。

我：你正在加盖的房子是初制所吧？

孔金木：你不是已经看过了吗，哈哈。这是我2016年开始建的胜丰茶业初制所，去年又买了杀青、揉捻、理条、微凋等机械设备，投入6万多元，想认真地去做，滚岗茶还有很大的提升空间，不管是质量还是价格。

我：买了机械设备，你不会把这三棵古树茶也用机械加工吧？

孔金木：不会，不会的。你们汉家人说的，手工和机械加工一起做，我当然不会丢掉手工的，只会继续学习，让自己的手艺更好，做出更好的手工茶。但滚岗茶叶多，据说有4000多亩，其中有一半是新茶园，我也想试着做做代加工之类的活计。

滚岗村分上滚岗和下滚岗两个自然村。滚岗的原名据说是"滚肝"，对应的是帕扎山的"称肝梁子"，与拉祜族人清代三次起义中的一位英雄人物有关。传说某次起义军首领石三百早手下有一位有勇有谋的大将军名叫铁大人，是"拉祜族二大王"，能在山涧绝壁间行走如飞，捕猎暗器、封喉毒箭、梭镖、飞镖用得出神入化，而且多次以计谋化解危局，将庞大的清兵拒之于俣黑大山之外。后来，清兵认为拉祜族之所以屡次克己而胜，乃是因为他们的将领姓铁，"铁"要用"炉火"攻之方能制胜。清兵于是找来了一个姓陆的军师，一边装扮成外乡人进入拉祜山寨摸底，另一方面针对拉祜女子喜欢绣花的传统，让大量穿汉服的女子带着美丽的丝线前去兜售，且告诉拉祜女子，不收钱银，只需要用弓弩上的弩牙来换，把拉祜勇士弓弩上的弩牙全换走了。一场大战再次展开，面对上万清兵，没有了弓弩可用的拉祜人溃败了。石三百早逃亡泰国，铁大人则在忙糯佛堂被清兵活捉。他们把铁大人绑到帕扎山，剖开铁大人的腹腔，掏出心肝放在秤上去称，只想知道铁大人的心肝是不是比普通人重很多。重量还没有称出来，铁大人的心脏就剧烈地跳了起来，肝脏滚出秤盘，向着山下滚去。称肝的地方，拉祜人称为"称肝梁子"，肝脏滚过的地方则叫作"滚肝"，每年特定的日子，都会前往祭奠。

我问孔金木：听过这个传说吗？他说传说太多了，像茶树叶子一样多。移走木桌上的茶具，摆上桌面的是凉拌酸肉、腊肉炖土鸡、香肠、小炒豆腐和一盆清水煮的不知名的野菜汤（不知其名就不知其名，我没有问）。就着它们，我吃了三碗米饭，比平时多了两碗。重点介绍一下酸肉：猪头肉去骨，用火将皮烧黄，刮净，以食盐和花椒等众佐料搓揉，放于坛中密封半月左右，取出煮熟，切片，凉拌或打蘸水食用。在食用酸肉的过程中，我觉得自己在把筷子反复伸到古人（石三百早或铁大人，李白或者杜甫）的餐桌上去夹菜，并夹起了它，津津有味地吃了下去。

三

一支抗暴者的队伍，在 1799 年至 1903 年之间的 104 年内三次揭竿而起，他们和他们的子孙不会不知道死亡与失败的结局——清廷和傣族土司府的强大对拉祜族这样的民族来说，他们的武装起义无异于梦中杀虎，但同样性质的赴死事件还是发生了三次。由此，从神话学和诗歌美学的角度来审察这一现象，我更倾向于把三支起义军当成同一批人：他们失败了，他们的灵魂又暴动了两回。而在有限的史料中提及的第一支起义军首领李文明和李小虎、第二支起义军首领张秉权和张登发及第三支起义军首领张朝文、李三民和罗扎布，我也愿意像拉祜人传说中删繁就简的说法那样，把他们七个人拼合成一个人，统称为"石三百早"，同时把三次起义也拼合成一次。这样一来，在我们能够想到却未必启用的统计学中，起义军的亡命人数就会大为减少——将不少的死亡归类于重复和轮回，我们可以从中获得一种来自时间深宫的谅解，并因为遗忘和修辞的效果而得到某种消极的安慰。

62 岁的滚岗村老支书陶佳荣，很神秘地对我说："在鹰边箐，就像在鹰的翅膀边，听得见鬼说话的声音。"一边大笑，一边又补充道："向着箐底大声喊叫，对面会有回应——仿佛云雾中海拔 2000 多米的山上真有一群人，随时在等着我们喊他们，并与我们交流。"滚岗有 16 个村民小组，拉祜和汉族各占一半，而这 8 个汉族村民小组都是在 3 次拉祜族起义失败后从外地迁入的，在原有的拉祜人开辟的小面积茶园基础上，在民国时期将滚岗的茶园面积扩大到了几百亩。之后，从 1958 年开始到现在，茶园面积扩大到了 4000 多亩，产量 200 多吨。1975 年设初制所以来，因为滚岗茶有着汤液饱满、厚重，滋味丰富，生津持久，兰花香浓郁等特点，一直是风庆茶厂、下关茶厂和昆明茶厂的原料基地之一。茶园管理方面，茶农已经养成了不打农药、每年修剪和 6 月与 12 月分别进行薅草的良好习惯，茶园生态日趋静美使之成为拉祜人现实生活中的伊甸园——牡缅密缅。每一棵本该挺立在滚岗高坡上的茶树，终于找到了它们生根的沃土，就好像那些远去的拉祜人又回到了故园。初制所由 1 所增加到 60 余所，其中：光甲合作社年产 40 吨，是澜沧古茶厂的原料供给者；忠兴合作社年产 5 至 6 吨；扎瓦阿发年产 3 至 4 吨。经由他们的手，滚岗茶叶正以自己厚重、端庄的气质出现在天南地北的茶桌上。"常有韩国人、美国人来到滚岗，我们就杀只鸡，煮点腊肉，炒盘青菜，招呼他们吃顿饭。有人带走茶叶，有人牢牢地记住了滚岗！"陶佳荣领我来到忠兴茶叶合作社后山上的凉亭，他对着风说话，惊醒了凉亭长椅上熟睡的一个中年男人。中年男人对忙糯地方史很有研究，从长椅上翻身坐起，点上一支烟，示意我坐下，兴致勃勃地聊了起来，风不时将他的烟灰吹到我的脸上。山腰上的道路两边粗壮、鲜活的油菜正在开花，香气在风中形成的漩涡，我的心看见了但眼睛没有看见。

忙糯：傣语，忙，寨子，糯，水塘，意为有水塘的寨子。在中年男人的讲述中，忙糯就像一块飞来飞去的土地，它曾经从勐勐傣族土司辖区划归缅宁（今临沧），又从缅宁划归镇边（今澜沧），直到 1927 年设双江县才停止飞行，成为双江县固定的一部分。地名也由忙糯改为"上改心"，并在 114 年后又恢复原名。属地与地名的改变——每一块土地均如此——从来都意味着人世的动荡和各种债务的转嫁，意味着规训和征服，这场变替过程中隐藏着的三次拉祜族起义，是时间宫殿中的小事，但对忙糯乡而言，陌生的中年男人对我说——这约等于一块巨石在一头老虎身上滚过了三次。为什么忙糯乡的古茶树不多？他自问自答："战火改变了一切。"

四

傣历 1228 年至 1249 年，即公元 1866 年至 1887 年，统治双江地区的是勐勐傣族第二十二代土司罕翁法（汉名罕光佑）。宋子皋先生的《勐勐土司世系》一书中说："他是历代勐勐土司中的昏官，有德有才之人他不用，用的人都是庸才……不察下情是非不辨，听信谗言是他致命的弱点，为此搅得全勐不得安宁。阳奉阴违倒行逆施是他的特点……"土司制度下，他按照固定税率，每年向下属各圈收取山水银 330 两，钱粮银 240 两，人们不堪重负，民愤越来越大。结果也就很惨烈，特别是当他派人刺杀了忠心耿耿、办事公正，深受人们喜爱的一个大臣"混涛召法"之后，血雨腥风再次降临双江：

他派出滚坦阿姆（仆从），
在半路，
把混涛召法刺杀。
土司杀害混俸协纳，
屠刀血淋淋，
弄得勐勐地方人心混乱，
惶惶不可终日。
山区各族百姓，
得知土司杀害混法，
部落头人，
人人愤怒个个不平，

举起刀矛指向罕翁法，

联合攻打勐勐。

勐勐遭战祸，

今日这里枪响，

明日那里弓弩齐发，

反抗的怒潮此起彼伏。

混勐（土司）心惊胆战，

忧虑不安，

度日如年，

如坐针毡。

在位二十一年，

天年已尽，

于傣历 1249 年，

永离人间。

　　1887 年，勐勐傣族土司罕翁法时代结束，二十三代土司召罕双时代启幕，迎接召罕双的是东北方勐歪拉祜王鲊吾向着勐勐掩杀过来的起义大军。这就是史书中所说的 1887 年双江拉祜族第二次抗暴起义。对此次起义，包括之前的第一次和之后的第三次起义，我以读书札记的方式进行了扼要概述（资料出自宋子皋著《勐勐土司世系》、双江县地方志编纂委员会编《双江县志》、罗满英主编《双江拉祜族历史与文化》、香港科技大学副教授马健雄《"边防三老"——清末民初南段滇缅边疆上的国家代理人》及民间传说），现辑录如下：

之1：斩杀与还俗

忙糯乡的黄草林出好茶，民国初年种植的 300 多亩古茶树，生长于海拔 1800 米左右的石缝间，周边森林遍布，自然环境优异，产出的茶叶外形叶嫩芽满，冲泡后，有浓郁的蜜香和花香，茶汤含香且饱满柔软，茶气足，茶性沉厚，回甘显著，已成为不少资深茶人的新宠。现在的黄草林分上、下两寨，上寨是汉家人，下寨是拉祜人，但在 200 年之先，黄草林并没有汉家人，它是忙糯最大的拉祜族聚居地。清嘉庆四年（1799年）九月发动第一次拉祜族起义的首领李文明就是驻扎于此的"拉祜王"，他有衙门，还有旁边池塘村的中心佛房做后盾。这一年，因为对勐勐傣族十七代土司罕固法时代领主制之下各种苛派的忍无可忍，拒绝交纳"山水钱粮"，便与"佛王"铜金结盟，由铜金号令信众，邀请低山李小虎加盟，迅速组建了一支 5 万人以上的起义队伍，举着长刀、提着弓弩、握着长矛，在李文明和李小虎的统率下，向北朝着拉祜人做梦也想回去的古老家园牡缅密缅——缅宁（今临翔），向西朝着勐勐（今双江）双向挺进。几天时间，勐勐土司一触即溃，罕固法及家眷逃往缅宁，勐勐被义军攻占，向北的队伍亦直抵雾龙山，直逼缅宁。与此同时，澜沧江东岸景谷的拉祜族人也因"压盐致变"而举事，烧毁盐仓，砸毁盐井，反抗清政府的盐税政策，与李文明、铜金和李小虎起义遥相呼应。

边地金戈声惊动了嘉庆皇帝，报上来的军情云山雾罩，仿佛真有天兵正从地平线的那边巨浪般滚滚而来，他便急令云贵总督富纲、甘肃提督乌大经，统领镇剿大军浩浩荡荡地奔赴缅宁和勐勐。但想象中"相看白刃血纷纷"的殊死搏杀和"一将功成万骨枯"的场景并没有出现，穷途末路的举事者无非是一些衣单体弱，对战争的残酷性毫无认知的乌合之众，与镇剿大军刚一碰面，雾龙山和南赛河两个据点很快就土崩瓦解，

◆ 黄草林古茶树

险关、群山、深箐和原始森林帮不了他们什么大忙，只是延缓了一点点失败的时间。而嘉庆皇帝见到"歼毙贼人无数，割获首级十余颗"等内容的奏报后，也发现了这场"战争"根本值不得大动干戈，事起之初，若能倾心安抚，就不会有大事发生，遂将小题大做的富纲职务免了，另遣书麟接替其职，督办此事。书麟到任，先堵而后剿，很快就进占黄草林、勐勐、坝卡等义军中枢，历时半年时间的起义宣告结束。李文明、李小虎被擒斩，铜金和尚及其信徒投降。与他们共同举事的大众，没有被剿杀的纷纷逃散，少部分人回家，大部分人向着澜沧和勐海等地迁徙。

"战争"带来了几个后果：第一，云贵总督富纲被解职后，抑郁成疾，先于李文明、李小虎，于1800年1月病死；第二，在《勐勐土司世系》一书中"施政有方"，但被铜金、李文明和李小虎视为苛政之源的傣族土司罕固法也于1801年病亡，其子召庄罕继位，"百姓进入衙门，酒肉款待一片情"，开创了短暂而辉煌的"召庄罕时代"；第三，朝廷加强了对俅黑大山的管控，增设哨卡，添驻兵员450名，同时，汉家人进入忙糯、大文、邦丙诸乡，先进的农耕技术、商业观念和文化教育开始熏染这方水土，文明之光乍现。

不少史籍上说，铜金和尚投降后，还俗做了普通人，过上了平常人的日子。事实并非如此，接受他投降，云贵总督书麟开出了条件：澜沧江西岸乃瘴疠之区，而且叛乱的平息只是暂时的，清军无法在此长久驻扎，铜金得以自己的势力制止叛乱，让潜在的叛乱消失。而铜金作为一个汉人，以教反清的目的不是为了复明，他直言，自己愿意还俗，但想名正言顺地当一个朝廷命官，授官职，发官印，统领他以"佛王"之名获取的孟连宣抚司所属的大片土地及其教区。书麟同意，嘉庆皇帝没有同意。于是，铜金继续一边做着自己的大买卖，一边在澜沧江两岸扩建着自己的中心佛房。他不仅控制了几百万斤销往拉祜人居住区的私盐生意，还把手伸向了一座座银厂，从领地、统治权和经济三个方面将孟连宣抚司逼入了死胡同。更为致命的是，由于得不到朝廷的安抚，其反抗之心复活，并将其宗教权柄和现实意志传袭给了他的儿孙与信徒，即使他于1812年在缅宁被凌迟示众，斗争的烽烟也没有在保黑大山及其低山之上消散。铜金，或说张辅国的灵魂一直在澜沧江两岸呼喊和奔走。

之2：传说的起源

光绪七年（1881年），还俗和尚铜金的儿子张秉权（拉祜名扎乌），因为无法忍受清政府和勐勐傣族土司对拉祜族人的双重榨压，又动了举事抗暴的念头——率众赶走土官，在圈控构筑营盘，建立了抗暴根据地。同时，在忙糯、大文的各个拉祜寨，他们构建起了以佛房为中心的一个个佛区，佛区首领叫作"太爷"，"太爷"下面又设6个"掌爷"，每个掌爷分管几个村寨，各村寨设"卡些"（头人）。村寨中的青壮年组成三人一组的作战小组，由玛巴路（兵头）率领，人人配弩、矛、短刀和100支箭，时刻准备投入战斗。奉命进剿的清军并没有长驱直入，而是在缅宁与勐勐土司属地交界处停下来巡视探察，且两相对峙时间长达6年之久。圈控的土官被逐，第二十三代勐勐傣族土司召罕双本来也有机会以怀柔之策安抚张秉权，但他偏信了勐库新爷召法"不降威仪，以暴抗暴"的进言，"一时横眉竖眼傲气起"，调集兵马，宣布与拉祜人对决。

1887年9月，面对清政府冰冷的对峙和勐勐土司傲慢高举的刀戈，张秉权把两个儿子张登发（拉祜名扎鸠）、张征良叫到身边，终于下了起兵的决心，说："那我们就开始吧。兵分两路，一路攻打缅宁，一路攻打勐勐！"宋子皋先生的《勐勐土司世系》写道，借着召罕双抓捕失职"卡召"贺伴亚之机：

拉祜族队伍，
趁混乱冲入允养城；
官家士卒手持长刀，
杀向对方。

另一边，拉祜族队伍亦很快攻占了缅宁打雀山、腊东、昔木、上下宁安等地。至此，光绪皇帝这才下旨，令云贵总督岑毓英率兵督剿，又令大理提督蔡标、顺云协副将陆春分两路跃马夹击，一路直奔勐勐正面迎战；一路进占大蚌江渡口，截断张秉权队伍向着景谷南逃的通道，并以官职和财富招抚景谷圈糯拉祜族头人李先春、李芝隆和石光玉等人，使之率众投诚，拉祜族人心涣散。战局未开，年迈的张秉权已然看见了结局，服毒自尽了，但两个儿子张登发和张征良即使看见了结局也还想让俅黑大山向着天空增高几米——为了公义，宁愿与死神为伴抛尸山巅，他们也不愿缴械投降。他们招募汉人"写字公公"杨定国为军师，在进入俅黑大山的要隘路口构筑营盘，并在缅宁与勐勐交界处的三台坡构筑大营、小营、碉卡等30多处为一体的大本营。

十月初四，负责正面攻击的陆春部队分三路围攻三台坡，步枪与弓弩较量，一天一夜，三台坡失陷，拉祜族队伍伤亡300多人，张登发率众突围至南兀，筑大营三座，决意死守。初七日，陆春部队攻陷南兀，张登发队伍退至忙蚌及大蚌江边，受到了守候已久的清朝廷另一路人马的迎头痛击，走投无路，只能撤转至张秉权苦心经营多年的圈控。清军势如破竹，荡平帕扎、滚岗、远恩、黄草林、忙糯诸多营盘，且在两路军汇合后，于十四日攻克安党山，于十五日将城墙二重、大营数十座的圈控团团围住，破圈控，斩杀100多名拉祜族义军首领。攻城时，清军的克虏伯后膛开花炮连夜轰击，"民众惊惧万分，孺妇老弱哭声达旦"。十六日，张登发退守老家坝卡。十八日，清军破坝卡，杀众兵1000余人，张登发、张征良、杨定国化装成老百姓逃至大青山。

大青山海拔3003米，无边的林海深箐，人迹罕至。一些史料中说，张登发等人乃是化装后方才得以从坝卡脱逃至大青山，但另一些史料中，大青山仿佛又成了张登发部队最后的大本营——陆春动员义军家属进山劝说，竟然有1万多拉祜族战士放下弓弩，从森林中走了出来，返乡做了良民。十一月初三夜，大理提督蔡标亲自督军搜山，张征良、杨定国被俘；初六日，张登发在白岩洞与清兵肉搏后被擒，同时"搜获火药二十余窖，大小枪炮二百数十门"，张登发之子张石保亦被捕，起义告一段落。有史料称，张登发、张石保父子被押到缅宁，"当讯判二黑倮时，跳荡不服，以言语不通，终被枭首"。

"铁大人"的传说源自这次起义，对义军主要将领的身份进行分析，我疑心这一形象就是张登发——在史料中，只有他被描述为"恃其骁勇，格伤数人"的英雄，称其"登峰设险，如履平地。其所用之弩重三百斤，官军五六人不能上"。而起义军首领石三百早应该就是张秉权，第一次起义首领铜金和尚的儿子。而且，张秉权也应该是《勐勐土司世系》中所说的拉祜王"鲊吾"。传说中石三百早有很多神秘的住所，来无影去无踪，它们亦疑为圈控、南亢、坝卡和黄草林等抗暴斗争基地。至于张登发最后被擒的大青山白岩洞，它与忙糯佛堂（池塘龙潭）有着同样的精神高度，是拉祜族人摆放香炉的地方。

之3：孙辈的歌谣与起义

张登发的两个儿子张石保和张朝文，是跟着他一起逃入大青山的，张石保被擒，张朝文则在他手下一位掌爷的护匪下得以幸存，最终成为 16 年后也就是 1903 年拉祜族起义的首领之一。一个贯穿三次起义的牺牲者族谱因此而显现：第一次起义首领之一的和尚铜金，以张辅国之名生养了第二次起义的首领张秉权；张秉权生养了同为第二次起义首领的张登发、张征良；张登发生养了张石保与张朝文，张朝文与汉人李三民、拉祜人罗扎布和佤族人鲍岩猛共同领导了拉祜族第三次起义。清朝廷在镇压第一次拉祜族起义时，嘉庆皇帝对云贵总督富纲的草率用兵不满，急调吏部尚书兼正红旗汉军都统书麟赴勐勐救急（书麟也因此在后来成为第四十五任云贵总督）。书麟平息了 52 寨拉祜族起义，且劝说铜金、铜登两位和尚"悔罪投诚"，没有以法治罪。可从这个牺牲者族谱中能够窥见，铜金和尚即张辅国，在他提出的条件没有得到满足的情况下，他其实并没有真心投诚并摁灭起义的火焰，而是在之后生育了一个倮黑大山中以抗暴起义为使命的火焰家族。

站拢来，站拢来，
我们大家一齐来；
地主贪官心太狠，
我们难活命；
杀贪官，杀地主，
不杀贪官地主天下难太平。

光绪二十九年（1903 年）二月，当这首由张朝文和罗扎布领唱的歌谣，在忙糯乡远恩村李三民家门前的打歌场上响起来的时候，包括细些、东弄等拉祜族寨子里也开始传唱这首歌谣，而且他们以打歌为名，对越聚越多的打歌众人进行军事训练，动员人们喝下"仙人"罗扎布配制的、能让人刀枪不入的"符水"。与此同时，李三民前往沧源县岩帅镇，与佤族"仙人"鲍岩猛合谋，动员其共同举事，得到了对方的积极响应。某一天，细些的拉祜族人在东弄打歌，李三民之子也参加了，结果与当地人发生冲突，拉祜族人借机将前来调解的郑姓同长解往细些斩首，宣布起义开始。他们包围了上改心巡检官署，发兵北上，直逼缅宁。而鲍岩猛也适时率领上万佤族民众，渡过小黑江，向着勐勐城进军。宋子皋先生的《勐勐土司世系》中，拉祜族第二次和第三次被混搭在了一起，场面因此产生了两倍的暴烈与残酷：

> 混缅的兵马，
> 所到之处
> 烈火冲天浓烟滚，
> 儿哭母喊鸡飞蛋打狗跳墙。
> 从坝尾到坝头，
> 从勐勐到勐库，
> 村村寨寨，
> 一片火海，
> 佛寺也难保。
> 大火熊熊烧，
> 土司衙门也成灰烬。
> ············
> 勐勐城更惨遭劫难，
> 对方设计欺骗，
> 如果是自己人，
> 集中到佛寺，

性命就可保，
不然刀枪不饶人。
人们纷纷涌进洼龙、洼宰、洼贺允，
三座佛寺全站满了躲难的人。
佤兵杀进城，
放火烧佛寺，
人群往外跑，
屠刀砍下来，
仅洼龙门口，
男女老少三百余，
血泊中倒的倒，
坡坎墙脚靠的靠。
好心肠的佤兵，
看到尸横遍野，
一时手软，
高声喊叫：
傣族同胞，
你们不要再往外边跑，
不然都成刀下鬼。
…………
生活实在无着落，
奄奄一息怎么办？
成群结队去逃荒。
有的流落到外地，
有的逃到孟艮，

有的落户耿马，

勐允、孟连、景栋、勐养，

到处都有勐勐的逃荒人，

临时搭起茅屋安新家。

有的成村成寨逃到景迈，

有的搬到阿瓦、腊戌，

永久定居在那里。

战争带来的灾难，《勐勐土司世系》中说："事端祸根在土司一方。"3月15日，佤族队伍攻占勐勐，驱逐汉人和商人，土司罕华封（召罕双）不能御，弃城而走，勐勐陷，汉夷死者数千人，勐勐全境土署民房缅寺约当三四千所，均遭焚毁，无一存者。18日，又攻占勐库，"汉夷遭害与勐勐同"。但一场仿佛野火般蔓延的民变，随着缅宁厅通判萧泽春和团绅彭锟的出场，10天左右的时间，便也像暴雨中的野火一样，很快就熄灭了。

3月19日，彭锟仅调集了不到1000人的团练武装，很快就击溃了北上进逼缅宁的拉祜起义军，起义军伤亡数千，罗扎布及骨干20多人被擒斩于三台坡和弯河箐；次日天亮时分，彭锟提兵200人围攻忙糯，张朝文被斩首；继而彭锟、何秀祯马不停蹄，分两路兵马进攻勐勐和勐库，2000名团练武装冲入勐勐，李三民、鲍岩猛败走，勐库亦同时被团练武装攻占，拉祜义军撤往小勐峨和邦木一带。25日，拉祜义军和佤军与彭锟的团练武装决战于蛮安、回晓一带，李三民远遁缅甸，鲍岩猛在溃逃途中被雷电击毙，义军四散，起义又以失败告终。坚持了一个多月的起义，义军人数上万，伤亡不知其数，义军首领仅李三民幸存，张朝文、罗扎布、鲍岩猛罹难，但他们仅击杀团练武装队长以上官员5人，伤30多人。

这次"小起义"的后果：第一，勐勐傣族土司被罢黜，三年后去世，勐勐属地划归缅宁厅，彻底改土归流；第二，数十年间，彭锟及其儿子成为双江地区的实际掌权人，大力推广茶叶种植，邦丙、大文、忙糯各乡的古茶树多数也是那时种植的，同时彭氏家族还将勐库茶种推销至省内十余县；第三，又有十寨以上拉祜人外迁，大乘佛教的影响已经很小了；第四，彭锟带领缅宁团练武装一路向南，过澜沧江，攻破了南栅中心佛堂，摧毁了杨德渊、铜金等苦心经营起来的"五佛五经"政治宗教核心，鸡足山大乘佛教对俸黑大山和佤山的统治降下大幕。

五

我是在正午时分进入康泰村黄草林自然村的。刚刚经历了一场洪灾，道路上的泥沙尚未消除，几条大沟边的巨石上还残留着断木和藤蔓，洪水掀翻的楠竹和栲树躯干倒伏在沟中，根盘向上翘起，烈日之下散发着袅袅白烟。前两次起义拉祜人最重要的据点之一黄草林寨，没有想象中古战场肃杀或致幻的气氛，山坡、屋顶、绕寨而上的寨中小路，在阳光下显得亮堂、明净，一个个茶叶初制所的红字招牌以及下面嬉戏儿童的笑声，让干燥的空气变得灵动而富有生机。

一片茶地从山顶逶迤而下，申学繁家的双江黄草林福泽茶叶初制所就坐落在茶地下沿的公路边上。申家是黄草林的大家族，祖上是在张秉权起义失败、不少拉祜族人迁走后，率先移居此地的汉家人之一，也是黄草林最先种茶制茶的家族之一。因此，申学繁的爷爷和父亲也是茶人，从小他就在茶园和茶香中认识了藤条茶并掌握了其摘养与制作方法。但由于早些年茶价不好，24 岁左右他便前往昆明打工，以制作民族工艺品"讨生活"，直到 2015 年 38 岁时他才又回到黄草林，继承了父亲衣钵。我们坐在初制所里，一边饮茶，一边聊着时而起义时而茶事的闲话，他告诉我，黄草林全寨的古茶树年产春茶有 1.5 吨左右，老树茶有 25 吨，混采小树茶 20 吨，全部的谷花茶年产 30 吨左右。他家没有古树茶，老树茶有 300 公斤，混采小树茶 800 多公斤，2022 年他制作外销的茶叶有 10 吨，收入 200 万元，利润 20 万元左右。至于茶价，2001 年以前一斤鲜叶只卖 1.2 元，2019 年上升到 120 元，2022 年上升到 130 元。如果分类统计，2022 年的古树原料茶卖 1600 元一公斤，老树 400 元一公斤，混采小树 200 元一公斤，单株古树可以卖到 5000 元一公斤。表面上冰冷的数字，可以看到 20 年间黄草林茶叶陡然上扬的价格弧线以及普洱茶波澜壮阔的当代画卷。从初制所出来，他领着我在寨子里和茶山上闲逛，行至寨子边上几百棵连片的古茶园中，他告诉我这些茶树种植于民国初年，是寨子里的公有茶树，每年由村民委员会集中采制和销售，收入平分给每户人家。我问他："你为什么不将它们承包过来呢？它们是黄草林古树茶的象征。"他低着头，用脚尖踢着茶树底下的一根枯枝，没有说话——也许这片茶树与他的某段记忆有关，也许，他对公有与私有之间存在着的复杂关系心怀畏惧，当然，也有可能是他对这片茶树没有足够的信心：能将它们塑造成冰岛老寨那些古茶树一样的茶中之王的形象吗？谁也不敢保证。

离开黄草林时，又在申学繁家的初制所前站了一会儿，我指了指茶地里那座坟墓，问他墓主是谁。他说是他父亲，名叫申文杰，2018 年国庆节那天去世，享年 78 岁。并说，这片茶地就是他家的，由父亲日日夜夜地守护着。我没来由地想到，1887 年 10 月 13 日拂晓，清朝的兵马从称肝梁子向下攻打黄草林，小开花炮的炮弹像雷霆一样在眼前的屋顶上不间断地炸开，那场景不知道让多少逃往忙糯的张登发手下兵众连回头一望的勇气都没有，一个个肉身变成了没有灵魂守护的躯壳。申学繁问我："要不要再泡一壶茶喝一会儿？"我回答他："我还要再去一次滚岗（滚肝），收集一下铁大人的传说！"但我没有去滚岗，而是去了大必地，"存木香"茶业有一款限量版的"大必地茶王"古树茶售价近3000元一饼，我得去大必地茶山看看。在徘徊于三次拉祜族起义故地上的这段日子，能让我内心温暖的也正是"存木香"悬挂在茶品展示厅里的祖训了："先祖留给我们的米饭和肉都在茶树上了！"茶树已经是这片土地留给后人的最贴心的遗产。

六

他们说，从前的龙潭，有两只白鸟日夜守着，树叶、草茎和其他杂物掉在碧水上，白鸟都会把它们叼走。

现在，龙潭已经被夷为平地。佛房所在处已是耕地，芭蕉枯萎，风干的玉米秆在早春的风里发出金属相碰的碎响。几棵树上残留的柿子，早就红了，红过了，眼下的红，是在红里寻找红、抓住红，是义无反顾的红呢，还是暮色将尽的红，抑或是本质上的红与反节令的红共同构造出来的一种意外之红，没有人知道。核桃树是最近几年新植的，一根根老虎尾巴一样的枝条，没有叶片，绷得极其光溜、直爽，欲望闪着光，赤裸裸的但又异常干净，与遍地的鬼针草形成了某种含混不清的对比关系。一个高80厘米、直径60厘米的石香炉安放在龙潭与土丘交界的埂沿上，它是我们平时所见的瓷陶香炉的大黑天神，粗粝、雄壮、沉郁，若非历史上气象恢宏的拉祜族五佛地东主中心佛房难以匹配。五佛：安康的南栅佛，文东的芒大佛，东朗的东主佛，竹塘的广明佛和拉巴的委盼佛，称为"五佛祖地"。东朗的东主佛即池塘佛房，以上各佛房开展重大活动，由东主中心佛房批准。《新纂云南通志》："相传四百年前，有一僧来自大理，至蛮大，劝人为善。土人见其举止善良，仪表若仙，于是卡瓦、倮黑相率归化，此上下改心之名所由方也。此僧教化大行，诸蛮悦服，呼佛爷而不名，乃建蛮大佛寺，一切经典，悉如中国五经之类，其教所及，奄有上改心及六佛诸地。"文中所说的"蛮大佛寺"，显然说的是文东的芒大佛房，不是忙糯的东主中心佛房，但据此推测，宗教地位更高的东主中心佛房也应该是如此建立起来的。石香炉之上矗立的佛房作为这个僧人最先抵达并修建的中心佛房，也许规模更加恢宏。至于这个僧人，应该就是杨德渊，他在建起东主中心佛房后，又去了包括芒大（蛮大）等地，建起了一系列的佛房。民间传说，"杨和尚"在五佛地所属村寨均建了佛房，派驻了堂主（掌爷）与和尚，这些人都听他调遣，唯命是从。而五佛地东主中心佛房下辖临沧、双江、澜沧、西盟、孟连各地的佛房，号召力极其强大。这样的传说，无疑将五佛地东主中心佛房的地位抬升到了比肩澜沧南栅中心佛房的高度，让我们很难测度这两个中心佛房究竟谁才是当时鸡足山大乘教在倮黑大山的领导中枢。不过，有一点是确定的：杨德渊离开鸡足山后，他传教的第一站是忙糯，而其继承人铜金即张辅国也一直把忙糯当成了故乡和大本营，他的儿子张秉权，孙子张登发、张征良，重孙张石保、张朝文，也都一直生活在忙糯并领导了三次拉祜族起义。从这个角度分析，池塘村的这片废墟——五佛地东主中心佛房更像是拉祜族"佛王时代"大乘教的"圣地"，而澜沧南栅中心佛房则像是杨德渊和铜金向南扩大宗教势力并与孟连宣抚司对抗或"抢地"的一个江南根据地。我曾与勐海著名拉祜族茶人崔琳谈论过五佛地东主中心佛房，她说，在她的记忆中，以前常有

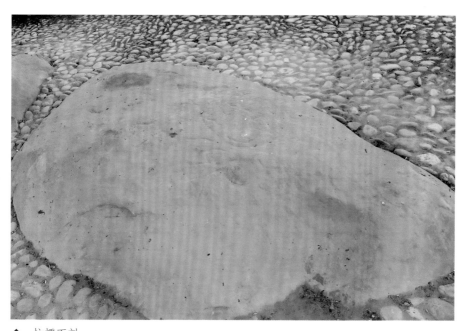

◆ 忙糯石刻

拉祜族老人带上水罐或竹筒，从勐海出发，过澜沧县，渡澜沧江，进入俸黑山，跋涉千山万水，徒步到池塘村的龙潭取"圣水"、拜佛房，但最近这些年没有这种人了。当然，折中的说法是，池塘村中心佛房是"东主中心"，是中心之一，南栅佛房是"西主中心"或"南主中心"，亦是中心之一，分别有自己的角色和使命。

　　佛房毁于哪一次起义战火？旁边卧石上星云图一样的石刻、小必地"天下人多"石刻和老林寨与上必地两处天书石刻又是产生于何时，隐藏着什么寓言或秘密？只有时间才会给出答案。在池塘村长大的双江县融媒体中心主任李发良，绘声绘色地向我描述过池塘自然村四周的九座青山，以传说的方式阐释了龙潭边"九龙汲水"的神奇画面——青山化龙，破空而来，霞光遍及万物，池塘村的一草一石一鸟一虫熠熠生辉。仙乐不知从何而起，梵音不知何时而终，金龙汲琼浆，人间无处不甘露。也就是在我伫立于池塘村两处石刻之间的油菜花地里仰望九座青山之际，想着池塘村 300 亩茶地在此清凉的九座山上，那龙身上出产的茶叶，滋味应该是何等的美妙。小路上突然出现了三个青年人和一个中年人。他们的手上分别捧着一只鸡、一碗米、一杯茶，还拿着一瓶酒和三炷香，朝着佛房废墟边的龙潭走去。我没有丝毫犹豫，走到他们所走的小路上，快步跟上了他们。他们不在意陌生人加入，四张黝黑、略显疲倦的脸还转过来对着我泛出了朴素的笑意。龙潭变成的平地上长满了杂草，中央却十分突兀地有着一块半截埋在地下半截露在外面的巨石。几个人把手上的祭物放到巨石下，那个中年人先把一块红布放在石头上，然后把手上握着的三炷香用打火机点燃，口中念念有词，对着石头拜三拜，跪下叩首，站起，又拜，又跪下，又站起，又拜，又跪下，站起，又拜，又跪下，又站起。其他三个青年人也分别像中年人那样祭拜之后，

米、茶、酒留在了石头下，其中一人把煮过的那只鸡又端到了手上，准

◆　前往佛堂祭祀的村民

备带回家去。我凑近巨石，见上面长满了褐色或灰白色的苔藓，一汪鲜血刚凝固不久，就问中年人，这鲜血从何而来。他一笑，用手指了指青年人捧着的那只鸡——早上 8 点，是他在巨石边宰杀了这只鸡。先拜代表水龙王的巨石，杀鸡，把血放到巨石上，再把刚死的鸡抛到空中，如果鸡身掉下来匍匐在地，说明祈求的事情没有得到水龙王的应许；如果鸡身四脚朝天，一分钟之内一动不动，说明祈求之事是水龙王应许的。他说，今天是个属龙的日子，一切都很顺利，水龙王没有拒绝他们的祈求：三个年轻人，决定以集资的方式筹一笔钱（已经有 1 万多），重新恢复龙潭，甚至慢慢地恢复东主中心佛房，下午就动工。

中年男人名叫陶田，拉祜族，50 岁，江对岸的景谷人。三位拉祜族年轻人分别叫李光福、李发昌、李光红，其中李光红是池塘自然村第一村民小组组长。陶田在 20 岁左右，是一位卡车司机，一直梦想有一辆属于自己的卡车。后来，他贷款 10 万元买了一辆卡车，梦想实现了，却因为喝酒驾车，把车开翻了。生命没有丢掉，梦想的得与失出现在短时间内，一切都令他万念俱灰。23 岁那年，他去了塔包树缅寺，出家做了和尚，又在 3 年后还俗，做了民间祭司，并且从故乡景谷来到双江，开了一家殡葬公司。离开龙潭，我们来到李光红家，陶田让李光红把带回来的那只鸡继续煮上，开玩笑地说是要给李光红做一次"鸡卦"，替其讨个好媳妇。趁着煮鸡和"鸡卦"开始前的空闲，我与陶田一边饮酒，一边闲聊——我从不在早上饮酒，但陶田说如果我不饮酒，他就不与我交流。或许还有一个原因：一些人鬼神之间的事，说出来，他也需要以酒壮胆。陶田在向我展示了一串古老的念珠和一个疑似熊牙的护身符后，依次出示了他作为祭司的法器：1. 一对铜质的"雷楔子"，他说从他诞生那天起就跟在他身上了，削其粉末以水或酒喝下，可以避邪，昨晚还有一个小孩喝过；2. 拳头大的一个铜香炉，用刀敲击，铮铮之声安

◆　祭祀龙潭的陶田

◆ 陶田讲述鸡卦

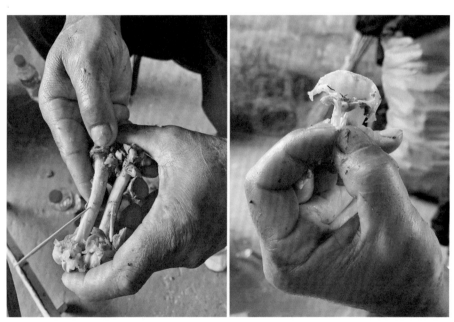

◆　卦象

魂、镇邪；3. 曾祖父传下来的牛角尖刀，没有说功用；4. 一对牛角制成的大卦和小卦，前提是做此大卦与小卦的牛角，取之于被雷劈死的牛；5. 铜铃，长长的铃把是一个金刚杵；6. 八把大小不一的犁头，他说，烧红了他可以用手指去拣选；7. 猛禽之齿一个，他说是秘器，不能说是什么；8. 一个铝盒，打开后里面放着一张陈旧的蓝纸，上面写着密密麻麻的民族文字，像咒语。

做"鸡卦"时，陶田分别取了鸡的两条腿和鸡头。剥去一条鸡腿上的肉，把一根牙齿插在鸡腿骨上，认真看了看鸡骨的颜色与肌理，陶田说此卦是"二千头"，是上虎牙卦，政府、社会和家族都会支持村民恢复龙潭。另一条鸡腿，陶田以相同的手法剥肉，看过后，也说是"二千头"，上虎牙卦，预示着来采访的人没有沾上邪灵，可以平安地回去。剥鸡头不能对着人，陶田转过身去，很快剥除了鸡头上的皮肉，转过身来，手指上拿着的就是鸡的头盖骨和鸡唇骨。他说，鸡的上唇骨是红色的，说明做这事不会有口舌是非，做的人还有官运；他把叉状的鸡的上唇骨放在下唇骨上，上唇骨没有从下唇骨的空隙间掉下，他说，凡事都平安，大吉大利；他向在座的人们展示鸡的头盖骨，光滑，亮堂，大叫一声"好"，又将鸡的头髓去掉，说不仅骨头亮堂，而且财路是红的，可以做事。总之，他说："这是一个好卦。"

陶田说卦的时候，有几束阳光照进了李光红家凌乱的院子，忙糯河的水发出的响声非常清亮，它们在某些瞬间反复让我走神。我不确定，这同样动人心旌的光与水，它们与法器和鸡骨之间是否有着某种秘而不宣的关联。尤其是当一束阳光不偏不倚地照亮木桌上的铜香炉的时候，我的耳中响起了一阵阵刀背敲击铜香炉的响声。

沙河乡煮茶记

活着的人再也没有机会看到长满高草的草原，曾几何时，茫茫草原
的花海拥簇在拓荒者的马镫下。

——摘自利奥波德《沙乡年鉴》

一

从佤族茶人尹进成的皮卡车上往下跳，脚还没有落地，他就说，这地
方名叫"大咪地"，海拔 1500 米左右。我的双脚刚刚触碰到地面，一篷尘
烟马上升腾上来，腿上、胸襟上全沾满了青灰色的尘土，眼前的茶树若在
雾中。几个月没有下雨，小勐峨茶山上的每一条山路都像是用面粉铺成的。

5000 多亩茶地以"大咪地"为中心，一道梁子，又一道梁子，像
老虎的脊背一样拱动，向着四个方向延展出去，看得见的边界和看不见
的边界都有阳光照着，迷蒙而又清晰。我左右环顾，逆光中，"大咪地"

◆ 小勐峨状若白草的藤条茶，亩产 30 公斤

◆　小勐峨藤条茶近景

一带的茶树分不出主干与枝条，一根根细枝如柳条绷直了，扶摇向上，干瘦如张牙舞爪的蜘蛛精，高枝上的细叶仿佛夜光中的片羽浮动；顺光看向尹进成所说的名叫"扎丕地"的另一片茶林，它们有的根部粗大，上面则细枝飘飞，有的小拇指那么细的主干却长满了苔藓，无论其树龄100年还是几百年，都像是中了魔咒的乔木古茶树慢慢变小的，枯瘦如茶神遗忘的盆植。从"大咪地"前往红旗山的途中，一道道山梁上泛白的茶树林疑似荒凉的草坡，看不见茶树，那些闪光的茎叶，是如此的细碎如谜、如梦如烟，只有走近了，抱着悬崖上的石柱仔细地看，才发现它们是茶树——这儿隐藏着一个令人难以置信的云南勐库大叶种茶树的"矮人国"。每株茶树均是欲死未死，由死而生；每根茶枝均是若柔若枯，因枯而柔；每个芽头均是断又不断，全在断处萌发。茶园里那些采茶时用来堆放鲜叶、歇气和吃饭的窝棚是如此的突兀、显眼，像土地庙一样高于所有的茶树。几个妇女弯着腰，在各自的斜坡上为茶园锄草，是石头雕塑动了起来，一株株茶树草茎一样围绕着她们，我能分辨出她们遮阳帽和衣裤的不同颜色，她们永远不会被遮蔽，也不可能在这样的茶园里躲藏起来。只有一种被尹进成叫作"甘听果"的树木偶尔出现在独立的土丘上，高大如神，向着高空和四周爆炸式地伸出枝叶，在茶园里投下半亩地的阴影。我把"扎丕地"那片茶林拍成视频，发送给我所信赖的茶学家徐亚和，问他："100年的茶树为什么这么枯瘦，只有小拇指粗？"他很快用语音回答："三个原因：第一，土地贫瘠，土层虽然深厚但有机质少，植被少而且死亡后的植被不能回填到土壤中，营养差；第二，缺水，斜坡蓄水能力弱；第三，土壤的夹沙量不足，容易板结，透气性差，土壤微生物弱，茶树的根群难以舒展生长。"至于解决的办法，徐亚和也开出了处方：第一，恢复生态，解决水的问题，以腐殖物增加土壤肥力；第二，每年挖土，晒晒垡子，激活微生物。我把语

◆　小勐峨佤族茶人尹进成说：这茶树有百年左右的树龄

音放给尹进成听，他眯着眼睛看了看太阳，低下头，又把目光投向道路下方近千米落差的斜坡，嘴唇嚅动了几下，想说什么又没有说。斜坡上有一条弯弯曲曲的乡村公路，一辆越野车行驶在上面，激起的灰尘就像一团黄雾始终在缠绕着越野车，不管越野车怎么摇晃，一会儿下到谷底，一会儿冲上山梁，也无法将其摆脱。"我家的茶树，两三代人了，一直是这个样子。恢复生态，改良土壤，谁不想？除非把这些祖先种下的茶树砍掉一半，种上其他植物。可我下得了手吗？"以为尹进成不会回应徐亚和的语音了，但他还是没有憋住，并伸手抓过一根藤条茶，瞪着那双佤族人才匹配的大眼，咆哮着问我："是不是从这一根开始砍？挖土，挖土，我们一直在挖，年年挖，一代人接一代人地挖。如果不挖，这些茶树早就死了。唉，你们说得轻松，不是每一块茶地都像冰岛老寨的茶地那么肥沃，不是每一棵茶树都能长得像小户赛的茶树那么高大！这儿是小勐峨，干旱，贫瘠，苦死苦活的一个村，又是什么也不能放弃的一个村！"说完了，他绷紧的黑黝黝的脸突然又松弛下来，嘴唇咧开，一笑，露出两排大白牙，凑近我的耳朵，轻声地说："我们的茶叶质量太好了，香啊，而且甜，冰岛茶我都不喝，只喝它。"

尹进成说，小勐峨的茶叶亩产 30 公斤左右，"也许是地球上所有茶园中亩产最低的"。因为全是藤条茶，枝条乱舞，地陡，采茶的时候，最优秀的外来采茶人每天也只能采到 30 斤左右的鲜叶。不过，他说他能采到 40 至 50 斤——他做茶 30 年了，熟悉自己家茶树的每一根枝条，也熟悉每块茶地的坡度，知道采哪一株茶时双脚应该蹬在哪一块石头上。站在红旗山顶，往北可以眺望勐库坝子，往东眺望的是勐勐坝子。勐勐坝子上空的白鹭翅膀下，1980 年代，10 多岁的尹进成曾经到后城佛寺当过一阵子小和尚，法名"贺光"。为此，在少量压制的茶饼包装纸上，他都会印上"贺光"二字，算是他的商标。最早做茶，尹进成

◆ 从茶园归来的佤族妇女，背后是"甘听果"树

是用写着毛主席语录的揉茶桶做红茶，鲜叶 1 角到 2 角一斤，做一斤能挣到 2 角钱。10 年后转做青茶，卖到勐库，1.2 元左右一斤，勐库人又卖给广东人，1.5 元一斤。双江戎氏茶业公司成立后，有六七年时间，他做的青茶也卖给戎氏。戎加升老厂长退休后，戎氏茶业就几乎不收小勐峨的茶了，原因很简单：品质很好，但采摘、制作的工艺一般。为什么会差？因为采春茶时，又要砍甘蔗，又要插秧苗，又要种玉米，几种农活冲突，村民们每天凌晨 3 点就要起床做饭，5 点就得带着饭上山，天黑才下山，根本忙不过来，又什么也不想丢下。2013 年尹进成只好把目光投向西双版纳的勐海，带着茶样，一家接一家地找茶业公司，结果得到了两家公司的青睐，一卖就是近 10 年时间，单是 2021 年就卖给勐海价值 180 多万元的原料茶，同时还卖给勐库 100 多万元的茶，利润在 10% 左右，赚了 30 多万。但尹进成说，由于疫情影响，2022 年的茶叶销路不好，至今还积压了 6 吨多，而且茶价也由 2019 年的 500 多元一公斤降到了 300 多元一公斤。不过，对此他倒是不担心，一方面他觉得小勐峨的茶远远还没有上升到它该得的价位上，养在深闺人不识，迟早有一天它会成为茶中极品而被人哄抢；另一方面，2007 年去韩国旅游时，他就投资了六七万元买了摄影设备，专门给起房和婚礼等办喜事的人家拍摄制作专辑，收入还不错。坐着他的皮卡车下山的时候，他让我在剧烈的摇晃中观看他刚拍摄的两个视频，都是婚礼上的打歌场面，他配的音乐是 1980 年代中期劲爆异常的迪斯科曲目。一个男歌手，歇斯底里地吼着：迪斯科——，迪斯科——，迪——斯——科——。

　　小勐峨的茶，亩产 30 公斤，一种令人心疼的茶，一种也许得用烧开了的泪水冲泡才会得到最好滋味的茶。杨炯评价："诡异的土壤，最丑的茶叶，暴烈无比的茶香。"在尹进成主持的有 60 户人家参与的"小勐峨伲尹茶坊初制所专业合作社"茶台前坐下，他泡了一壶产自"扎丕地"的古茶，其条索结实柔韧，叶片上留有"马蹄"，茶汤霸野又细腻，汤香浓郁，层次感极其丰富，回味甘甜、悠长，直至汤尾仍然滋味充足。尹进成用目光逼视我："怎么样？"我茫然地望着他，不想通过语言去表达什么，心里却想着——也许这就是亩产30公斤的茶该有的滋味吧。加了他的微信，要了一筒，问价，他说1000元，我转账给了他，143元一饼，他的慷慨和这片土地的慷慨让我哑口无言。

小勐峨是双江最大的佤族寨子，有234户佤族人居住。人们信仰小乘佛教，过泼水节，年纪稍大的人还会讲傣语和拉祜语。寨子里有一座缅寺，佛爷是从邦协灵芝寺过来的，是布朗族，人们叫他"老三"。这个寨子以前是布朗人创建的，种下了最早那批茶树，布朗人搬走后，佤族人从小黑江边的大勐峨搬了过来。具体是什么时间，尹进成也说不清楚，只是说在他之前有两三代人了吧。一代人按25年计算，三代人是75年，75年加上他51岁的数字，等于126年，2023减126等于1897，1897年是双江拉祜族佤族第三次起义（1903年）的前6年。大勐峨毗邻沧源县，这也就意味着小勐峨佤族极有可能是跟着起义军沧源佤族首领鲍岩猛一路北上的，起义被彭锟镇压，他们被"安顿"在了人去寨空的小勐峨。当然，这只是我的推测，没有任何依据，目的只是在文章中引出下面的重点写上几笔的双江清末民初的风云人物彭锟，彭大人，他曾长期驻扎在同属沙河乡的营盘村，以其远见卓识开辟了堪与西双版纳"古六大茶山"媲美的双江茶区。

二

四排山西高东低，沙河乡就遍布在它朝向东方的巨大向阳坡地上。作

◆ 营盘村口的巨型桉树

为 1904 年四排山巡检、1912 年缅宁县四排山县佐、1930 年双江县成立后县治所在地的营盘村，其地理位置相当于沙河乡中心。入村，迎面碰上的是两棵 1890 年中国才开始从国外引种的参天巨桉，其主干需要几个人才能合抱，诸多老枝旁逸斜出，顶起一片天空并罩向旁边的几个屋顶，灰绿色的叶片和浓烈的桉油气息，使之与寨子和周边植物如此的格格不入，又显得无比的独立、奇崛、霸道，既像是旧时光里某种时尚的象征，也像是昔日的行政特权与傲慢的文化姿态在物化之后遗留下来的坐标。它们是外来的，就像汉家人是这片土地的外来者一样，同时它们的体量又是可以和本土的大树之王——榕树，一比高下的，所以，当外来的汉家人千里迢迢将它们带进四排山，种植在这儿，似乎就意味着对峙与威慑，如同彭锟的团练武装带着洋枪洋炮，出现在张朝文和鲍岩猛率领的起义军面前。

村支书李小红家的"双江营盘中和茶叶初制所"，也是红利康公司营盘初制所，同时还是临沧燕语茶业有限公司的营盘生产基地，其生产加工区和办公品饮区是分设的。因为没到采茶季，去年投资 200 多万元建起来的生产加工区形同闲置，面向路边的卷帘门一一落下，上了锁。办公品饮区其实也就是他的家，院子很大，有菜园、照壁，种了不少兰花。楼房两层，有拱顶，八根罗马立柱竖向贯穿主立面上下两楼，楼顶三角形的门脸上是两条金龙环绕的一个"福"字。品饮室中，木柜上摆满了茶、各种工艺品、获奖证书，证书中有"2016 燕语营盘古树茶"所获的中国（广州）国际茶业博览会组委会全国名优茶质量竞赛特等金奖和 2019 年第 26 届上海国际茶文化旅游节指定普洱茶、临沧十大名茶称号，儿媳妇戈润秀 2017 年所获的勐库金炒手大赛一等奖等。中堂悬挂着毛泽东画像，茶台后面是一副对联：万丈红尘三杯酒，千秋大业一壶茶。李小红说，这副对联是一位教授送给他的，字是颜体，法度不错，略显拘谨。他家院子所在的地方，之前是彭锟的儿子彭肇模（人称彭四

◆ 村支书、著名茶人李小红

老爷或四老爹）的宅院，后来倒塌了。彭肇模一生住在营盘，做过双江参议长，一直担任双江民团团长，有近百名洋枪武装起来的家丁。据说，彭肇模除了在双江继承父志，大力推广种茶之外，还有一支99匹马组成的大马帮，来往于双江与昆明、双江与缅甸或泰国之间，贩卖烟土、茶叶、紫胶、盐巴、药材、牛皮和各种从缅甸或泰国购入的英国产的洋纱、洋碱、布匹等大宗洋货，富甲澜沧江西岸和北岸。其一生组织了两次军事行动：其一，1934年，沧源班洪地区的炉房受到英国军队入侵，彭肇模在双江组织了300多人的义勇军开赴前线，与当地民众一起击退了英军；其二，1949年，彭肇模与其弟彭肇栋（人称彭五老爷或五老爹）组织了700多人的队伍，攻打解放军驻扎的临翔区博尚镇，一天时间，就被解放军击溃。逃回营盘后，其领着几百人的乡绅、乡长、保长及亲属出逃缅甸。民间传说，出逃的队伍用骡马驮着财物，领头的已经到了小黑江边，殿后的还在营盘街上没有动身，浩浩荡荡。彭肇模出逃后的第三天，解放军进驻营盘，彭氏家族就此消失在时间的迷宫里，其后代至今无一人回过双江。

彭家人消失了，营盘村东坡上1600多亩的"彭家大茶园"却还是在的，分属于不同的现在的营盘村住户，而属于李小红家的就有60亩左右。他领着我穿过省立双江简易师范学校旧址和埋着四座新坟的民国县政府旧址，站在山顶新建的观景台上俯瞰彭氏留下的茶山遗产。从山顶绵延至谷底的藤条茶，不似小勐峨藤条茶那么瘦小，枝干盘曲，劲道刚猛，若非枝条长曳、树高有限，形象极似其他茶山的乔木古茶树，一看就是营养充足、仪态万千的藤条茶中的贵族，欣欣然列队于柔和的阳光下，宛若正在参加某个隆重的仪典。著名抗战诗人彭桂萼先生（1908—1952）曾在省立双江简易师范学校执教并兼任编辑室主任，他所写的《省立双江简师校歌》分为"抗日战争前"和"抗日战争后"

两部分，写作的地点就是在这茶树藤条飞舞的营盘。

之1：抗日战争前

公明雄峙，

沧潞回还，

边教中心立此邦，

锻炼体魄，

充实自身力量；

修励品学，

造成社会栋梁！

这周遭，

充满光明灿烂，

来来来，

埋头苦干，

发扬我中华国光！

领导儿童，

走向幸福康庄；

教化边民，

开发万里蛮荒，

这责任落在我们肩头上。

快快快，

乘风破浪，

巩固大好河山！

之2：抗日战争后

日本虎狼，

扰我家邦，

大家齐起救危亡，

工农兵学商，

各人站稳岗哨，

出钱出力，

冲上抗建疆场。

举列枪，

咬紧牙关鏖战，

流血汗，

洗刷国耻，

千锤百炼成金钢，

我们在边荒，

铸造精神炸弹，

本位救国，

竖起文化城墙，

驱倭寇从头来整顿河山。

固边防，

怒沧耀彩，

中华民族放金光！

1936 年至 1940 年在营盘期间，在省教育厅督学、双江县县长、简易师范学校校长李文林的支持下，彭桂萼亲自撰写和编辑出版的"边城丛书"有 10 种：1.《双江一瞥》（彭桂萼著）；2.《到普思边地去》（李文林著）；3.《云南西南边地与中华民族国家之关系》（陈雨泉及本校员生合著）；4.《收回双江勐勐教堂运动》（编辑处汇编）；5.《一年之双江》（校教导主任李英著）；6.《西南边城缅宁》（彭桂萼著）；7.《天南边塞耿沧澜》（彭桂萼著）；8.《在双江之产物》（李文林著）；9.《边地之边地》（彭桂萼著）；10.《双澜耿沧镇五省校概览》（各校合编）。10 种书 60 余万言，其中 4 种 25 万余言均是他在营盘写下的。与此同时，1938 年他还写作、出版了由郭沫若题写书名、马子华作序的诗集《震声》，而 1941 年出版了由老舍题写书名、雷石榆作序的诗集《边塞的军笳》，相信很多篇章也是写于营盘。李文林在为其《双江一瞥》所写的序言中说道："作者彭桂萼，亦耀南公（彭锟）之后裔，缅宁后起之秀杰也……25 年就聘省立双师任教员，兼本校校刊之责，为时半载，出稿十余万言，是诚以利口枪笔，苦干于蛮烟瘴雨之乡之战士，不独双江府校之益友，殆亦西南边庭之健卒也。"而在《双江一瞥》这本书里，他眼中的营盘（当时名为那赛）是这样的：

那赛是双江的军政要隘。

位置在邻近耿马的西边，由勐勐直上 30 余里的半山上。形势的雄壮，就像一把虎皮大交椅。左方伸出的扶手为广东营盘，右边伸出的扶手为贺金诸山，靠背的尖顶为先锋营，60 余家汉民恰丛聚在座位的陷窝部分，仙人山对峙在勐坝的后壁，就像是故意立在前面给坐在虎皮大交椅上的巨人赏玩的一块围屏。

这是光绪末年彭锟收复边乱后因镇扎营盘而奠定下来的地方，当日的战壕营垒，尚历历给人凭吊。设县佐以后，复置四排山县佐公署于此，民国合县事成，仍就此立县政府，现在虽在勐勐建县城，避暑地依然不得不就此地。有两级小学，今又增设省立双师，故居民智识较高，双江的新文化空气也将由这儿播散出去。

气候非常凉爽，雨露也比较大，入夏以后，简直天天被包裹在重重的烟雾里，眼看着白棉似的云雾在面前的青山追逐。然而缺陷的是既没有粮食，又缺乏饮料，样样都要仰赖别处来供给，所以它除了地势险要、交通便利两大特点外，发达的条件一样也不舍得有。展望前途，与今日的天生桥难免要走入同一的命运，昔日是边防的营垒，将来也不过是边防的营垒，固守的要隘而已。

以营盘做县衙所在地，也许只是纷乱四起的特殊时代不得已的选择——即便是县政府，也需要强势如彭锟这样的人物做支撑，彭锟驻扎在哪儿，哪儿就是天选的县政府所在地。彭桂萼先生是彭锟后裔，他不是不知道这样的道理，文章开头所说的"巨人"，无疑就是隐喻彭锟，但他之所以说营盘在 20 多年后已经不适宜做县治，乃是基于双江的未来而发声。可尽管如此，我们还是不得不承认一个事实：营盘的确偏远，可仰仗于彭锟及其儿子们强横的震慑力、统治力和号召力，双江 100 年左右树龄的古茶树，几乎都是听从营盘发出的种茶号令而种植的。更有说服力的是，双江设县之后，逐渐开设了勐库、勐勐等 11 处市场，每年产茶 1 万担，收入约 20 万银元，成为云南"古六大茶山"之外的又一个茶叶主产区。李小红对此没有疑义，而且作为营盘土生土长人，他深知种茶的号令固然重要，关键是彭氏家族还有能力把漫山遍野的茶叶收购上来，销售出去，让双江茶业在民国时期进入了良性发展的轨道。说到眼前，当民国时种下的茶树上长出的鲜叶卖到 50 元一斤，而后来种植的茶叶只能卖到 20 元一斤，他家一年的茶叶收入在 20 万元以上，他不无幽默地说："也许当年把县治设在这儿，就是为了让我们多有几亩古茶树！"李小红是种茶、制茶的顶级人物，拜徐亚和为师，说徐亚和是他"一生遇到的最厉害的人"。但徐亚和同样对他不吝溢美之词，说他不仅在茶叶上有修为，在养殖业方面同样让旁人望尘莫及："李小红长期与戎氏、燕语等茶业公司合作，人非常虚心，好学习，喜欢琢磨和钻研，技术一流。他在茶地管理、修枝等方面也很在行，冰岛老寨不少茶树都是请他去修枝的。而且村子后面的原始森林中，他还养了60多头牛、100多只羊……"

李小红喜欢二胡，小时候偷过马帮的马尾、军队战马的马尾和电影队驮放映机马匹的马尾，私底下自己做二胡。马尾拉断了，也用龙舌兰捣碎后残留的丝线做过二胡弦。多年来，他一直是营盘打歌场上拉二胡的主角："哦，两个人一起拉起二胡来太好听了，可惜与我配合的表哥，他死了。"那天，从"彭家大茶园"回来，坐在院子里，他拉了一曲《一壶老酒》。

三

彭锟（1855—1928），字耀南，祖籍江西吉安府。乾隆十一年（1746年），因当地土官长期争立、仇杀，朝廷遂废土官而设流官管理勐缅地区，赐名"缅宁"，所设通判为顺宁府分防。不久，彭锟的两位族祖从江西吉安来到了缅宁，一个做私塾先生，一个参加了改土归流后的第一次科考并中了举人。两位族祖拓边成功，彭锟的祖父也在嘉庆年间以身投边荒，做买卖为生，落地生根。但彭锟的童年时代无比艰辛，早年丧父，10多岁就开始做裁缝和染布杂役，所幸他同时兼读私塾，有较好的文化根基，20岁左右投到了当地驻军"顺云协"（相当于旅）首领（副

◆ 双江历史上的风云人物彭锟（资料图）

◆ 营盘、邦木一带随处可见彭氏引导种下的大茶树

将）丁槐门下，并因军功而获授九品职衔，深受丁槐赏识。后来，他同时以贩卖威远（景谷）私盐而暴富，与江西同乡在缅宁建起了江西会馆，且以会馆为平台，以清朝廷号令各县设置团练（地方民兵）武装的制度为由，很快就建起了一支以他为团总的"民兵队伍"。1903年，张朝文、李三民、鲍岩猛、刀文林等拉祜族佤族起义，彭锟主动请战，率领团练武装前往镇压，"一战封神"，起义失败，彭锟获授管带、五品县丞职衔，驻守拉祜人聚居的忙糯（上改心）和南栅一带，继而长期扎根于四排山营盘，成了双江县的实际"统治者"。缅宁通判萧泽春为此写了一篇极尽赞美之能事的奏报，翻译成白话文，大体意思是：泽春我奉命前往缅宁任职，刚刚抵达临翔蚂蚁堆乡的腊丁村，就听到了忙糯乡一带拉祜人暴乱的消息。他们杀官、放火、抢掠，祸害一方。第二天，我到衙门接受官印，令人震惊的警报一个个传来，当时正好彭锟耀南先生急急忙忙地前来拜见，我一见他就叹服于他伟岸的风度，知道他不是一个常人。与他谈论战事，他打仗用兵的谋略无一不精，并表达了慨然出征忙糯一带的心愿。过了两天，他就领着团练武装出发了，精神忠勇，行动迅猛，从宁安直捣忙糯，势如破竹，马上就捣毁了拉祜人的巢穴，斩杀了张朝文、罗扎布等义军头目，很多叛逆分子都做了俘虏，缴获枪弩军械不计其数。迎面碰上的人无不避开，旁观的人都疑心是神兵天降。

香港科技大学副教授马健雄先生长期从事澜沧江两岸边地史的调查研究，我的很多观点和史料均出自他的系列大作。他认为彭锟以商而绅，又以绅为官，建江西会馆，建祠堂修族谱，在战争中建立起地方政治权威，在双江办学校，包括推广种茶，乃是因为他在文化上强调自己"江右移民"的汉人身份，以在佤山和傈黑山建立汉人的政治文化正统为己任。所以，在成为双江的摄政者后，他随即在勐勐各圈陆续实行改革，废除土司制，确立了县、区、乡、镇、闾、邻的新管理制度，土地私有，可以进行买卖，将新移入汉人对土地的占有权合法化，并与长子彭肇纲一同策划，最终促成了双江县的设立，把县治设在了自己的大本营四排山。他还绘制了沧源等边地多县的地图，参加了 1899 年至 1900 年中英第一次勘界；1925 年还以强硬手段，驱逐从缅甸进入双江的美国传教士永伟里父子，成为地方力量反抗帝国主义宗教侵略的楷模。而且，也正是在他率领团练武装镇压拉祜族起义的那一年，他还把次子彭肇纪送上了东渡日本留学的客轮，使之与叶荃和赵又新两个临沧老乡、唐继尧和顾品珍两个云南老乡成为同学，五个人一起于 1905 年加入同盟会，又与两个临沧老乡一起与李根源、程潜、阎锡山等人加入了同盟会的中坚"丈夫团"。其远见卓识，在三个临沧老乡回国参加辛亥革命和护国运动之后立即彰显出来：1915年，叶荃招募千余临沧、云县、顺宁子弟至昆明参加护国讨袁，任团长，1916 年升任护国军第五军军长，后改任靖国军第八军军长；赵又新也被唐继尧任命为靖国军第二军军长，辖朱德、金汉鼎两个旅；彭肇纪出任第五军参谋长。三人都成了唐继尧手下滇军重要将领，彭锟的"靠山"坚如磐石。詹英佩女士 2009 年到营盘村采访时，一个名叫熊朝良的老人告诉她："这茶是彭大老爷彭锟种的，味道好得很，护国军的叶军长当年打仗时都带着它，还有省主席龙云都喝过……"叶军长叶荃到营盘探望过彭锟，具体时间不详。北伐入陕，叶荃部横扫关陇，是一位威风八面的战神，但此公素与唐继尧矛盾深重，且心性向空，梦系桃源，一盘大棋还没有下完，他便在争夺江山的大戏中认领了失意者的角色。1918 年，以专门销售勐勐茶、邦木茶和勐库茶为名，彭肇纪在昆明经营起了一家"中和茶庄"，军政要员趋之若鹜，茶叶品质优异，生意十分火爆，但同时他和叶荃也在此频频聚会，苦心孤诣地密谋，一心想把唐继尧推翻——不知此事是否关联彭锟——但夜长梦多，1921 年，他们被人告密，唐继尧烈怒，彭肇纪被捕杀，叶荃则携家眷离滇入粤，投奔孙中山，从此时而出山，时而养病，时而改换门庭，时而出家，时而返乡，1939 年病逝于凤庆乡下。1920 年 4 月，当他们正在"中和茶庄"，一边品饮藤条茶，一边密谋倒唐的时候，临沧籍的另一位军长赵又新在四川泸州也因团长杨森倒戈和反戈一击而罹难。彭锟及其家族构想中的天空之门就此化成远去的云朵，缅宁和顺宁士绅集团的政治势力在深入到云南军阀集团核心的一刻，突然又出局了。令人难以置信的是，此后 7 年，也就是生命旅程中最后的 7 年，彭锟却依旧到邦协、坝糯、勐库、圈控等不同的寨子督办蒙童小学、土民小学，普及汉文化教育，至死都想以汉文化改良少数民族的文化土壤；仍旧关心忙糯、大文、邦丙等"百年战区"茶叶种植情况和生活状况，拉祜人和佤族人在其"武压文治、恩威并施"的策略治理下，生活安定了，不受纷乱搅扰了，感佩其功德，称呼他为"彭老爹"，一笑泯恩仇；同时，他还亲自接待前来双江购买茶籽的凤庆人、保山人、腾冲人，让家丁把他们领到勐库去。大理大商号"永昌祥"以勐库茶制作的沱茶，在他的最后 7 年期间走红全国，他领着一伙人骑马去勐库摆了一席盛宴，招待"永昌祥"前来收购原料茶的人……

　　彭锟死后的第九年（1937 年），双江县国民政府在县长李文林的主持下，设专祠祭奠彭锟，省民政厅赠匾"沿边三老，天表一人"，表彰他"功在国家，德重边民，彪炳千秋，汉夷景仰"，为开辟、进化双江县所做出的功德。所谓"沿边三老"，除彭锟外，另外两位是澜沧募乃土司石玉清和车里殖边总办柯树勋。他们均在中缅、中老勘界和改变边地民生与边地安宁等方面，以"地方代表"的身份为国家做出了杰出贡献。

四

松树林、桦树林和竹林中间，不生长茶树，水冬瓜树是茶树的"兄弟"。今天中午获得的这个常识，"兄弟"一词，让我想起几年前在缅甸北部丛林中听杀蟒的汉族所讲的杀蟒窍门：葛根藤是大蟒的"守护神"。只要把它弄成一个圆环，套住大蟒的七寸，就可以拉着大蟒来到废弃缅寺门前的榕树下，再把葛根藤换成那根从榕树枝上垂下的绳子——绳子上有着事先结起的圆环——人握住绳子的另一头，躲到树后，使劲往下一拉，大蟒就开始竖立、变直，朝着上面升起。继而大蟒在空中剧烈扭动，硕健有力的尾巴卷起来，然后又快速抽打出去，反反复复。榕树叶纷纷扬扬，寂静的缅寺回荡着啪啪啪的声响，肉抽打着肉，直到所有的肉一块儿变僵硬了，自己死在自己悬空的怀里。"兄弟"与"守护神"这样的词，一旦用到人类之外的事物身上，好的语境中，别物也会产生人格，若是出现在邪门的语境中，神灵就是吊死人的一根绳子，或是藏在废弃缅寺菩萨背后用来剖腹的长刀。

五

月亮圆了，夜静，星光幽微却很清晰，虫声低沉但特别明亮。这是立春后的第二天，元宵节，我和67岁的老茶人吴达正先生，坐在回东河水库旁边他所建茶厂的会客厅里，喝着茶，听他讲40年的做茶往事。没有了狂喜与抱怨，心中事，身外事，都像淡了的茶汤，茶已经隐身，水重新成了主角。古人说三不饮：器不精不饮，人不悦不饮，气场杂乱不饮。大抵都是因饮者心中块垒太多，是在与人世赌气，自诩的高洁里眼睛还能看见不精、不悦和杂乱，想从茶中得到欲望的满足，或想借茶抬高自己的身段——以为茶汤、茶器、同饮者、品饮的环境可以衬托出自己的身份。想想立此规法的古人定是个俗不可耐的茶国狂客，对"物"与"事"的执着已然错失了自洁与自度的机缘。所以，我觉得我俩饮茶已在茶外，说事也在事外，谁也没有留意桌上的器物、身边进出的人和他们的喧嚷。

吴达正先生是 1986 年开始做茶叶买卖的。那一年他 20 岁，沙河、勐勐、勐库到处去收茶，2.4 元一公斤，收够一卡车，就吹着口哨，坐在副驾驶位上，跟着司机朝着勐海山一程水一程地颠簸而去。排队、验级、交茶，拿着一张收条去勐海茶厂财务科领钱，10 元一张的崭新人民币，对方递过来一大包，3 万多元，抱在胸脯上死死地捂着，弯着腰走路。晚上住旅馆，登记员、服务员、旅客，包括运茶的司机，凡是看到的人都像贼，睡觉的时候也把钱抱在怀里或压在腹下，一宿未眠。特别值得重点说一下的是，1988 年 11 月 6 日，一卡车的 10 吨茶，3 元一公斤卖给了勐海茶厂，对方说现金得三天后兑付，吴达正让司机留下等钱，自己买了张客车票回双江，一天半的车程，当晚投宿于上允镇。在小饭馆吃完晚饭，无事可做，他早早地就在旅馆房间躺下了。9 点过一点儿，大地突然抖了起来，墙壁和床也抖了起来，他知道地震了，从床上一跃而起，穿着一条裤衩就跑到了上允街上，看到街中央的雕像也被震倒了，匍匐在街头，到处都是乱跑、乱喊、乱叫的人，"一副世界末日的景象"。地震持续了 13 分钟，感觉比人的一生还要漫长很多，他找了块空地蹲下来，四周的人有蹲着的、站着的、趴在地上的，每一张脸都低向暗处，不敢抬起来，孩子和老人的哭声里有惊恐和哀求但又尖锐异常……确信震动停止了，他才跟着混乱的人群跑了起来，赤脚穿过突如其来的杂物与废墟，找到没有倒塌的旅馆，惊慌失措地穿上衣服，拿了行李包，不顾维持治安和救援人员的劝阻，一个人逃出废墟小镇。通往双江的公路上全是滚石、土堆和倒下的树干，他摸黑而行，走了 70 多公里，第二天中午才像泥巴人一样，失魂落魄地回到双江。事后他也才知道这场"澜沧、耿马地震"，震级／震中：7.6 级／7.2 级，516 万人受灾，死亡 748 人，重伤 3759 人。

1989 年，政府取消了茶叶精制环节上的统购统销政策，长时期以来生产红茶靠茶叶站和外贸公司统购统销的各村茶叶初制所，突然遭遇失去外销渠道的风险，一时间哀声四起甚至不惜关门歇业。不少后来成为双江县茶业勃兴础石的茶界精英就是在此时间段，或为谋生，或因为对制茶的迷恋而出手承包、买断茶叶初制所的。作为双江茶业的旗帜性人物，戎加升先生"本来成现事，何必待思量"，先知先觉，早走一步，已于 1982 年承包了第一家茶叶初制所，并于 10 年后创办双江第一家民营茶厂、17 年后收购双江县国营茶厂，创牌"勐库戎氏"。吴达正先生是 1989 年承包勐库镇邦改村于 50 年代建设的茶叶初制所的，并于次年以 13800 元买下了它。开始他也是做红茶，1.5 元收原料，1.5 元卖出去，第一年没有挣钱，倒贴了两个工人的工资，但第二年他就挣到了 2 万，成了当时闻名乡里的"万元户"。2000 年，以 3.8 万元价格他收购了沙河小勐峨茶叶初制所，开启了他与"老戎"戎加升先生长达 10 年的供、求合作——大批量定点收购鲜叶，然后统一卖给"勐库戎氏"。这个模式堪称 2000 年代双江县茶业的"经典模式"，不少后来成为自主经营茶厂老板的茶人，都曾经是一家独大的"勐库戎氏"整体布局中某座茶山的鲜叶供运商和代言人，他们或因为"老戎"强大的人格魅力而欣然依附于"戎氏"，或因经营的需求而把"戎氏"当成了自己天然的靠山，于普洱茶在中国市场和东南亚市场上冲天而起的黄金时代挖到了自己或多或少的第一桶金。而"勐库戎氏"也正是依靠着戎加升先生多年做茶结识的这批"老兄弟"、老相识和慕名而来的"新粉丝"，在那一时期完美地占领了双江县优质广阔的茶山资源，以不断推出的优质茶品而征服普洱茶市场的，声名鹊起，风光无二。我曾经于2004年和2007年两次造访"勐库戎氏"，见到的均是不同口音的天下茶商、宾客云集戎氏的壮观场景，而"勐库戎氏"的加盟店在那段时间也开始遍布昆明的各个茶城和繁华社区。

2010年，吴达正先生开始自己收购鲜叶、自己加工，走上了以"初制为主、精制为辅"独立经营的轨道，在出售毛茶的同时推出了"赛冰岛"和"回峨香"等自主品牌产品。2012年，因为小勐峨海拔高，毛茶很难晒干，对质量影响大，他以4万元一亩的价格，在山下的回东河水库边购买了7.8亩土地，陆续投资300多万元建起了眼下这个茶厂。不过，现在他已经退休，茶厂交给儿子打理，自己"什么也不过问，什么也不干"。我问他，为什么会把茶品命名为"赛冰岛"？他淡淡一笑，告诉我小勐峨的茶本来就不输于冰岛，这名字里没有不服输的火气，很客观的——60年代，农科部门倡导矮化，佤族人不干，他们只相信老树，这种固执让小勐峨的茶叶质量更加得到了保证：没有矮化过的茶树，茶叶做出来显毫，更白；矮化过的芽尖多，但不显毫，泛黑。针对有的专家把小勐峨的茶说成中小叶种的观点，他又是淡淡一笑，说什么中小叶种，勐库就在旁边，是大叶种茶的圣地，有必要到其他地方去引种吗？再说，佤族人认死理，大叶种茶的叶片是圆的，边沿有齿，他们只认这个，只种这种茶。只有汉家人往往不讲究，图产量，什么茶产量高就种什么茶。说起冰岛茶，他开起了玩笑："2000年以前，冰岛人整天忙着追山打猎，没有几个认真做茶的，做出来的茶叶等级不够，茶叶站都不收。"说完大笑，继而感叹："时代真的变化了，我做茶30年所挣的钱，唉，还没有现在年轻人1年挣的多。"感叹归

◆ 以小勐峨的藤条茶为原料，吴达正做了一款茶，取名叫"赛冰岛"，他认为，小勐峨茶的品质不输于冰岛茶

感叹，他的目光是柔和的，没有嫉妒。

我们面前的茶汤到后来真的变成了一杯杯白水，吴达正没有续茶的意思，反而端起一杯，笑着说："我们当酒来喝吧，敬你一杯！"从他家茶厂出来，一片片没有砍收的甘蔗散发着甜味，月亮的清辉在蔗叶上流淌、起伏，发出的乐音细碎而又绵长。我想到了墨西哥女诗人塞莱丽娜·帕特里西娅·圣地亚哥在诗篇《河》中的几句：

> 青蛙已不再歌唱
> 月亮也不再落下去看水中的自己
> 落羽杉林巨大的幽灵
> 仅仅伴着皮肤下
> 早已耗尽的回忆叹息

六

还没有进入邦协村，一个岔路口旁边的山坡上就立着一尊很大的灵芝雕塑。布朗族人的图腾——公鸡雕塑，在他们的寨子里很常见，灵芝雕塑却是绝无仅有的，应该称之为"奇迹"。奇迹发生在1997年——某一天，邦协佛寺的佛爷李付兴发现，自己的床底，靠着土墙之处长出了一棵灵芝，如此的鲜活灿烂。它连年生长、分枝，数年后竟然长成了高60厘米，有5条分枝和32朵叶片的巨型灵芝。一时间，朝拜灵芝的人开始从各地出发，纷纷怀着虔敬的心愿赶赴邦协佛寺。经有关机构批准，邦协佛寺也就很快更名为邦协"灵芝寺"，灵芝从此成为邦协村的象征。

灵芝寺滴水寮房是 2017 年投资 36 万元新建的。原寺始建于明代，毁于 1903 年张朝文和鲍岩猛等人领导的拉佤民族起义。后又重建，毁于"文化大革命"。1987 年再建，但系土木结构且仅有滴水房一间，空间狭小且不久就出现安全隐患。新建的灵芝寺坐落在村口左边的坡地上，规模不大却气象庄严。李付兴佛爷是双江县受人敬仰的高僧大德，我第一次去拜访，他进城参加政协会议去了，寺门上挂着一把锁，却没有上锁，村民说可以推门进去的，我便轻手轻脚地推门而入。寺里无人，一条黑狗趴在寺檐下睡觉，本应灵敏异常的耳朵一动不动，双目紧闭，身体摊开，松软，无防备心，是真的睡着了。灵芝寺本来不是黑狗的家，它的主人据说是一个布朗族村民，由于布朗族没有养狗习俗，这个村民把黑狗养大后，突然就不想养了。有外来人送了两瓶酒给村民，村民用一根绳子拴住黑狗，把绳子递给外来人："你拉去杀了吃吧！"出村路上，黑狗跟在外来人身后，一阵蹦上蹦下的挣扎，挣脱了，一溜烟跑进了灵芝寺。外来人站在寺门边往里看，又不敢入寺捉狗，悻悻然走了。黑狗从此生活在寺里，天天跟着佛爷，只吃佛爷喂的食物，不出寺门。

见到李付兴佛爷，是 5 天后的一个下午。他着佛袍，精壮的身躯，声音柔和，词意表达简洁而准确，笑容堆满了棕色的脸，40 多岁的模样，看上去却又像经历了神话、宗教洗礼、战乱、艰辛劳作和思想历险之后，变得停止了生长的一位老僧，非常满足于当前单调、静谧、偶尔外出为人超度或解难的日子。他的茶台很普通，旁边桌上放着的茶叶也多是一些用塑料袋装着的散茶，坐下后，他取了一款邦协茶，动作麻利地煎水、洗茶、泡茶，一气呵成。邦协有 6000 多亩茶园，一半以上是 1945 年以前种下的，也许是因为茶园改造过，茶树有过矮化，加之土壤肥沃，深耕翻锄不辍，茶叶的芽头极其肥硕，紧实，茸毛厚密，品茶时茶汤饱和，滋味浓强，香高，耐泡。但佛爷没有让我闻香，也没开口问："这茶怎

◆ 李付兴佛爷和神奇的灵芝

◆ 左图为李付兴佛爷展示的珍藏在邦协灵芝寺的布朗族经书，已被云南人民出版社出版的《云南少数民族古籍珍本集成》收录；右图为邦协灵芝寺

么样？"几杯落腹后，他起身从卧室里抱来一本云南人民出版社出版发行的《云南少数民族古籍珍本集成》，放在茶台上翻给我看——卜梦、鸡卦、医药、叫魂、祈福、咒语、护宅、祝辞、天文历算、功德占卜和求解签书等11种经书的内容都是他提供的，然后又把经书的原件展示给我看。铁笔在构树纸上书写的傣文，像热带雨林中的植物一样葳蕤、密集，加之每一本经书纸叶的边沿都不同程度地破损，变黄，旧如远世残卷的合订本，翻看它们，我是一个今天的盲人在时间的古海上摆渡，永远不知彼岸和灯塔在什么方位。上面的图案，相信都是一些示范性图谱，却也因为它们线条的暗淡和笔触的消隐而变得神秘、苍茫，人体状如魂魄，其他物象则仿佛救人的密码而我一无所知。李付兴佛爷向我推荐的是打开诸多幽闭或光明国度之门的钥匙，我却抓不到手中，以至于当他带我去灵芝寺旧址土屋中参观奇异的灵芝时，我还处在自我懊恼的情绪中而难以解放。

灵芝寺旧址的隔壁住着一位布朗族老人。他名叫俸春华，是研究布朗族历史文化的专家，专著《澜沧江畔布朗人》2003年由云南民族出版社出版发行，《茶韵千古布朗族》2021年由云南人民出版社出版发行。另外我还拜读过他2005年内部出版印刷的《俸春华文学作品选集》一书，作品有小说、散文、诗词和歌曲。我到他家拜访的时候，暮色涌进了邦协村，四周山顶上残存的夕照犹如晒场上泛红的玉米粒，正在被人一筐接一筐地收走，很快就清空殆尽。我们喝着他自制的布朗族酸茶，话题由顺宁十三寨布朗族起义开始，谈到了西双版纳、临沧和保山布朗族文化的差别，还谈到了布朗族的竜神崇拜和古老的"人祭"习俗。他坚持认为，邦协的竜神祭祀始于新石器时代，传承千载而没有变化：祭品中的鸡与猪，不能用刀去杀，必须用棍棒击打至死亡，土碗也得用最原始的那种，蜡条得手工自制……说起邦丙、大文一带的蜂桶鼓，他说：

"在 1980 年代，鼓桶是用原木凿空的，蒙鼓的牛皮上全是一撮撮毛。"我向他求教布朗酸茶的制作工艺，他说我们饮用的酸茶加了蜂蜜，而传统做法使用以下器物并分以下步骤：

用具：土陶锅、竹筒、石灰泥、笋叶。

原料：新鲜茶叶。

制作：土锅装水烧开，茶叶放入锅中，快速翻动，煮熟后捞出，滤水。茶叶置凉后放入竹筒，在火炭上烧饭团至外层煳，放到竹筒内的茶叶上，竹笋叶封口并用绳子扎紧，再用石灰泥将其密封。

发酵：挖窖式土坑，将装茶的竹筒放入，以"唐扇叶"或帆布覆盖竹筒，再用沙土覆盖。

时间：发酵一个月以上方可取食。有的埋在土下长达几个月。

禁忌：不能使用金属器皿，不能沾染任何油腻。不能在制作酸茶时说起猫、老鹰、老虎、豹子、猴子、熊、麂子、蛇等凶恶和不吉祥动物的名字。怀孕的妇女不能制作酸茶，甚至不能出现在制作现场。不能放屁。

我们饮用的蜂蜜酸茶，是布朗族传统酸茶与竹筒蜂蜜茶融汇而成的茶品。俸春华先生在《茶韵千古布朗族》一书中说，竹筒蜂蜜茶是布朗族最高的礼仪茶，以前只有土司、朝廷官员和省级高官莅临，人们才会在村寨头人家中向他们行竹筒蜂蜜茶礼。而且敬茶人必须是未婚青年，土司得向行茶礼的人念诵类似于答谢词的祝辞（由傣族佛经记载、翻译）："今天是本帕董的日子，千载难逢吉祥长久。此时此刻是天神摩仙法降临人间的吉利时辰，喜马拉雅山高，是天神用今天这样的日子开始垒石造山，立下它的根基。天下五江选择这样的日子，汇集在一起一同奔向大海。天神开天辟地，造出平平整整的平原。百草青青，流水潺潡。老波涛、老咪涛种树，开出银花结出金果。天马飞临你们的寨门，菩萨巡视你们的村子。你们的好日子就像刚出土的竹笋，一天比一天长高。就像孔雀刚刚长出的绒毛，一天比一天美丽。你们寨子男男女女、老老少少，前世都在佛寺滴过水，都给佛祖献过赕。今生今世你们谷米装满仓，金子银子装满袋。"

从邦协村出来，天已经黑了，借着月色，同行的杨炯指着公路下的山谷告诉我，现在的茶农都是自己新建茶叶初制所，邦协村以前建设的茶叶初制所就在山谷内，没有人承包，现在是空的。我朝山谷望了一眼，月光如雾，白茫茫的，没有看到任何一片屋顶。心头想到的是八个字：有是妙有，空即性空。

七

邦木村委会的院子，原先是彭锟的大儿子彭肇纲故居所在地。旧楼静悄悄地坍塌，新楼不声不响地拔地而起——时间在主持新物与旧物的交替仪典后，还负责把许多惊天动地的事情变得默默无闻，尤其是那些山中小镇上不为外人所知的旧时光里的事件。我翻阅过不少的小镇风物志，诸多小镇都会把自己描述为地球之心，是皇帝与庶民、天神与幽灵混在一起看戏的不朽舞台，每一段介绍文字都精神抖擞，像星星一样高远而明亮。但我并不认为这有什么不对，事实上，也果然如那些介绍小镇的文字所言，在不同的时间段里，每个小镇都的确做过天地的枢纽、人世的地标，无非是昨天的"紫禁城"变成了今天的旧仓库、博物馆，或者废墟。时间的游戏，主题就是反转与无常，不与永恒之物发生过于密切的关联。在茶叶世界，邦木何尝不是如此呢？

1904 年，平息拉祜族佤族起义后，彭锟被任命为驻防勐勐的管带，带兵驻扎四排山营盘。随后就是勐勐的改土归流和一系列的导夷抚夷措施的出台与施行，其中成效最为显著的有两点：一是风暴眼一样的民族区域因抚夷之策深得民心而趋于安定；二是开埠设市，大力推广经济林木尤其是茶叶种植，使双江地区快速成为云南新崛起的茶叶大出产地和大集散地之一，而邦木就在这一过程中因为彭肇纲的存在而扮演着重要角色。

彭肇纲出生于 1880 年，考上过清末贡生，1922 年其 42 岁迁居营盘辅助其父策划双江设县大计之先，他一直生活在临翔区，学富五车但执迷于实业报国，开办过陶瓷厂和皮革厂但都由于不谙商道而碌碌无功。在营盘 6 年，他是彭锟政治经济生活中最得力的干将，甚至可以说是彭锟迟暮之年诸多事宜的代言人和执行者，勃兴教育、种植茶叶、平衡上改心县佐与四排山县佐之间的关系，无一不是他亲力亲为。1928 年，上改心与四排山合二为一成立双江县，其父彭锟撒手人寰，他由营盘迁居邦木，直至 1958 年病故，在邦木生活 30 年之久。双江地区"摄政王"的长子、缅宁汉族士绅集团代言人之一、亦正亦邪的双江枭雄彭四彭五的大哥、双江设县的有功之臣、儒雅诚恳而且低调实干的实业家，彭肇纲头顶的众多光环与多重身份，使其在入驻邦木后做起什么事来都非常顺利，或说不管他做什么事都带有了试验和示范推广的性质。詹英佩女士在《茶祖居住的地方——云南双江》一书中说："营盘 1950 年以前是双江旧县政府所在地，邦木便是旧县府的特区，充当着双江经济发展示范区、样板区的角色，彭锟的长子彭肇纲是这个特区的首脑，这个特区是县政府最好施政的地方。"诚哉斯言，尽管我们已经难以历数 1928 年至 1950 年之间，双江旧政府假彭肇纲之手在邦木实施了哪些政策与措施。大地不会说话，茶山飘香，作为最好证据的也许就是 1950 年前种植在邦

◆　邦木的古茶园

木土地上的那 2000 多亩古茶林，它们与邦木现有茶园 1.2 万亩相比虽然是"少数"，但却是 1.2 万亩茶园的基石与灵魂。另外，彭肇纲还在邦木倾力推广种植核桃和板栗，核桃是邦木的大宗经济来源之一，种植面积 2000 亩，1950 年前种下的就有 1000 亩，不少他领着人种植的核桃树现在仍然生机勃勃，隆起的树冠像一朵朵绿色云朵停歇在山坡上。当然，在邦木，他还办起了"邦木小学"，扩修了一条条进入邦木的道路，开了邦木集市，邦木马帮云集，耿马人、澜沧人、缅宁人和勐勐人闻风而来，让邦木成为四排山中比营盘还具有活力的副中心。1953 年，云南省派出彭承鉴等茶科人员到双江考察，第一站选择的就是邦木，而中茶公司亦于这一年在临沧设四个茶叶收购组，其中两个就是邦木和勐库，邦木茶叶收购组收茶达 95732 斤，可见其茶事之盛，而这自然是与彭肇纲的努力分不开的。因为双江种茶基础好，1956 年，外贸部茶叶总公司经过调研后，决定在双江改制红茶，从赣、皖两省和云南省凤庆县抽调技术人员前来支持，而县政府将改制红茶的试点单位就定在了邦木、邦协和公弄三个村，原因是三个村是茶叶主产区。随后，邦木的茶叶初制所很快就建成投产，三地生产红茶 120 吨。邦木初制所的主任名叫王五石，他不仅是初制所的奠基人，同时还在后来几年内把土墙屋的初制所改造成了砖木结构的瓦房，又于 1960 年动员群众，用 3 天时间把 1 吨多重的柴油发电机组从县城运回海拔 1700 米的初制所，开启了邦木现代化生产茶叶的历史，使邦木在双江茶业史上占有了举足轻重的地位。

英国诗人托马斯·塔瑟将农业与险恶世界的努力斗争记录成书。这本名叫《好农业的500个优点》的书写于中世纪末期，但书中已没有过去那种因恐惧而无奈接受现实的观点，取而代之的是字里行间的乐观和科学的发展向人类投来的曙光，提升了人们的信心，也带来了诸多可行的解决问题的方法。彭肇纲在邦木破解农业困局，一如托马斯·塔瑟在亲身的劳作中和语言中赋予农业以乐观精神，其向度是一致的，但当时间过去70多年，邦木的茶园也由2000多亩增加到1.2万亩，摆在32岁的邦木村支书唐兴林面前的问题，或许就不是人类单向的乐观精神能解决的。5个自然村10个村民小组555户2008人，活生生的聚落与活生生的人，很容易就能把乐观精神调整至炽热状态，但单单这1.2万亩茶园所产出的400多吨茶叶，仅凭目前尚还很脆弱的产业链是很难将其价格最优化地销售出去的。是的，也许我们说这些年来邦木的茶叶并没有多少滞销，可这都是以某个未必让人乐观的价格实现销售的。茶质最优化与价格最优化，不仅邦木，就连云南众茶山，一直都是难以摸到的双重天花板。在统计数据中，邦木茶业收入2022年达到了3200余万元，户均毛收入5.7万元，可这远远不是标的，5.7万元还不够购买咫尺之外1公斤冰岛老寨出产的优质茶。所以，压力让唐兴林及其班子成员又一次意识到了农业的"残酷"和市场的"恐怖"，但他们显然也像托马斯·塔瑟那样——很快又用乐观精神取代了一切消极元素，因为他们发现科学发展所投来的曙光一直包围着他们。在继续倾力维护和拓展茶叶产业链的基础上，于2022年12月11日开始，他们制作的直播带货视频悄然在电商平台上线，至2023年1月14日，直播24场次，网络曝光量达600余万人次，销售茶叶4吨多，销售额51万余元。唐兴林是视频主播，直播视频的名字叫"村支书助农直播间"。直播团队一共9人：唐兴林、李小丹、宋思奇、李彩燕、李彩红、周红珍、周世德、李照、唐兴伟。其中，李彩红是邦木籍云南大学滇池学院学生，周红珍是邦木籍西南林业大学学生。唐兴林说，直播间启动的目的有四个：1.帮助茶农消除库存；2.把邦木的有机茶和生态茶品牌推广出去；3.为村上创造就业岗位（每次直播目前就有30个岗位）；4.提高集体经济创收水平。同时他还向我说了一个小花絮：因为看了他的直播，春节期间，一对夫妇，从河南专程来到了邦木。

在邦木后山上，向北就能看见勐库，一座座的茶山与一个个寨子分布在一碧如洗的晴空之下，为此，我顿时警醒过来：邦木与勐库的邦改、丙山、小户赛、大户赛、懂过、坝卡、冰岛和南迫等茶山原来是一脉相承的，如同茶神串起的一串绿玛瑙，沉静地摆放在双江县西北方的群山之巅。山坳上有两个荒废的初制所，规模极大，目前正在改造，将搭建为直播基地和体验空间，转了一圈后，下了山，我与唐兴林坐在村委会院子彭肇纲种下的一棵梨树下喝茶，100 年左右的老树茶，香气清雅，淡淡的蜜香飘逸而又清晰，回甘极快，甜味纯净。唐兴林说，邦木茶的鲜叶三分之二供应戎氏，销售的压力其实不是很大。就个人经验而言，他认为邦木茶唯一的缺点也可以说是优点——这茶的滋味有一丝苦涩。我笑言："茶以苦味度天下。"他也笑了起来，然后站起身，去大门口迎接一位前来找他的老者。老者背上背着一筐要卖的茶叶，大声嚷着："我要找唐兴林！"

勐勐：白鹭翅膀上的茶香

一

> 在河畔，在红树林沼泽或牧牛场，
> 在池塘上滑翔，然后在小母牛光洁的
> 脊背上保持平衡，或在飓风天气里
> 逃离灾难，并用它们迅捷的戳击
> 啄出记号，似乎研究它们是完全的荣耀。

在勐勐镇茶山中行走的那些天，我的背包里一直装着德里克·沃尔科特的诗集《白鹭》。加勒比海的圣卢西亚岛与云南西南边地上的勐勐镇相距十万八千里，互为同一颗星球上的反面，能把它们联系在一起的只有诗歌，或者白鹭。两个地方的屋顶上都悬浮着白鹭翅膀组成的天空，扑棱棱的，扑棱棱的，闪光的天空。谁也不敢断言——它们所享用的天空不是同一片天空，它们不是白鹭在宇宙中仅有的两个故乡，一个在太阳升起的地方，一个在太阳落下的地方。我有过一次漫长的夜航西飞，从北京的晚上出发，经停马德里，36 个小时后抵达加勒比海岸上的圣多明各城。出发时是 9 月 1 日夜，可到达之地还是 9 月 1 日下午，36 个小时的时间消失在黑洞。这说明了什么？如果一群白鹭从加勒比海以飞机的速度飞往勐勐镇，9 月 1 日的晚上出发，抵达勐勐的时间应该是 9 月 3 日凌晨，它们是朝向未来的，而我是在返回过去，按北京时间计算，我与它们永远不可能在天空擦肩而过。但飞行意味着一切，只要白鹭没有灭绝，德里克·沃尔科特在圣卢西亚岛上所见的白鹭，与我在勐勐镇南勐河河岸上所见的白鹭，就有可能是同一群。

随后它们展翅起飞，扑扇得越来越快，
它们扑扇翅膀时就像六翼天使。

在勐勐镇，我读德里克·沃尔科特的《白鹭》，心头也总有白鹭在升降，这固然是有原因的。元明两代，瑞丽江河谷一带的"勐卯果占璧"政权（麓川政权）一度十分强大，后在不同时期受封为"麓川路""平缅宣慰司""麓川平缅军民宣慰司"等等，一边受封，一边又征伐不断，从而引发了1439 年、1441 年、1442 年和1448 年明朝四征麓川的军事战役。明洪武二十一年（1388 年），"勐卯王"思伦发驻扎于景东的军队向东南方向挺进，意欲占领元江领域的傣亚支（花腰傣）各部，受到了明军总兵沐英所属宁正部队的猛烈袭击，大败。其中一部分败兵赶着三头战象向西逃亡，并鼓动沿途傣民随行。他们西渡澜沧江之后继续向西，最终来到了南勐河东岸稍事休整，准备再向西。但与他们同逃的难民却不想再逃，三头战象其中一头是白大象，白大象也带头拒绝上路，不肯离开此地。败兵们就去向"滚模"（占卜师）问卜，滚模说："厘蝉冒厘丢"，意思是，宜住不宜行。因此，这批人就在南勐河东岸定居下来，建起了他们的城邦"勐允养"，汉语的意思即"白鹭城"。当然，他们并不是第一批进入双江地区的傣族人，在此之前32年即1356年，也就是元至正十六年（1356年），时麓川政权统治者曾领兵东渡怒江和澜沧江，横扫两江流域的傣族各部，其中一个麓川兵头领召刚罕牒法在由勐撒越过勐库大雪山，进入勐库坝子后便领兵驻扎勐库，并于两年后建立了勐库领主政权，是傣族进入双江的先驱。

白鹭城，勐允养。看字和听读音，这六个字都是美的，美得如梦如烟，让你不愿给它们设定边界，美得无处寻找但它们又刻画在你的心头。溃败的兵将来到南勐河东岸，刚好有数不清的白鹭在流水上清洗翅膀？在白象站着不动的地方建起白象寺，就有一群接一群的白鹭从耿马方向衔来一页页经书？然后，所有搬运木头和竹子建造第一批房屋的祖先们突然停下来，目光跟着白鹭移动，每个人都打开了喉咙，齐声喊出三个字："勐允养"？勐允养。白鹭城。那时候，在南勐河的西岸，已经有隶属于勐库领主政权的勐景庄领主政权存在，但这个由罕牒法的次子召罕珍所建的勐景庄小政权，对勐允养的从天而降没有丝毫的敌意，乃至于当勐允养人认祖归宗，建立起隶属威远州（景谷）土司的勐允养领主政权时，召罕珍也不以为意，宽容待之。明朝平定麓川后，麓川王思氏败居伊洛瓦底江上游，再也没有返回瑞丽江，长期受制于麓川政权的云南西南部各勐一时群龙无首，而明朝廷也拿不出什么有效的治理方略，便在各勐之间挑唆、怂恿其内斗，希望以夷制夷并从中渔翁得利。勐允养领主政权首领就是在这个节骨眼上，因为听信了朝廷使者的挑唆之言，而给勐允养、勐景庄和勐库三个领主政权带来灭顶之灾的。勐允养归属于远在江东的威远州土司管辖，朝廷使者说，威远州土司距此过于遥远，且有沧江天险之隔，你们为什么要向他们交纳贡赋呢？不纳，他们也只能徒唤奈何！勐允养领主政权首领听了使者的进言后，果然在之后多年不再向威远州土司贡赋。1472年（傣历834年），威远州土司刀朔罕决定出兵镇压勐允养，他联合其妹夫耿马土司官罕边法，两路兵马，一西一东，向着勐允养掩杀过来。勐允养势单力薄，求救于勐景庄和勐库，三勐联兵抗击入犯之敌。结局非常惨痛：勐允养政权首领被俘，勐景庄政权首领阵亡，勐库政权首领退守勐库古城丙景城，城陷，退守大忙那村西边山梁，战至不剩一兵一卒，骑着战象从悬崖上跃入了南勐河，三勐全部被灭。战后，威远州土司将所属勐允养和圈控两片属地送给了耿马土司官罕边法，而罕边法又将南勐河东西两岸的勐允养和勐景庄两勐合并为一个勐，取名"勐勐"。勐勐土司（耿马土司属官）由耿马土司委派，直至明万历二十七年（1599年），明朝廷授勐勐土司罕竟（罕定法，勐勐第十代土司）为"勐勐巡检司土巡检"，才脱离了耿马土司。勐勐罕氏土司政权维持至1904年改土归流，历时306年（1599年至1904年）。

> 这些白鹭拥有瀑布的颜色，云的
> 颜色。有些朋友，我已所剩不多，
> 即将辞世，而这些白鹭在雨中漫步，
> 似乎死亡对它们毫无影响，或者它们像
> 突临的天使升起，飞行，然后又落下。

白鹭城后来被叫作勐勐，延续到今天。属于"勐允养"的那些时光，一如夜航西飞时我所丢失的那36个小时。那是怎样的时光呢？宋子皋先生的《勐勐土司世系》中说，那是一个没有土司官的时代，两位头人"法洪"和"法腊遮"办理着地方的大小事务，而属地上的"缅人"和"腊人"常常举刀起事，战祸不断，幸存者们天天盼着威远州土司能尽

◆　勐勐镇白象寺

快给他们派来一位能镇住地方的土司官。我想象中白鹭翅膀组成天空的景象显然是没有依据的，而白象寺的兴建也是在明成化十六年（1480年，傣历842年），罕廷法执掌勐勐土司政权并派人前往勐艮迎接佛祖塑像即佛教传入勐勐之后。也许我得借用现实中南勐河边上某只白鹭的梦境，才能聚合起无数雪白的翅膀，把河山之间的离乱、烽烟和逃亡者的足迹轻轻盖住。幸运的是，不是所有孔武百倍的镇压者手上都永远握着屠刀，他们中间的不少人在成为被征服土地的主人后，其实都变成了这片土地的拯救者和缔造者，比如耿马土司官罕边法派往勐勐的第二任执政者罕廷法，在位48年，他就通过引入佛教教化众人、疏导人心、治疗战争引发的瘟疫、恢复发展生产和重建家园等举措，特别是将布朗族、彝族、佤族等少数民族团结到傣族信仰的佛教体系之中，几年之后，勐勐地区便迅速地趋于稳定、有序、安乐，民族之间再没有发生过激烈冲突，勐勐渐渐强盛起来。明万历四十一年（1613年），谢肇淛撰《滇略》，曰："顺宁附境有勐缅、勐撒（耿马）、勐勐，谓之三勐，勐勐最强。"历史第一次将勐勐高举到了它理应得到的显著位置上，开始匹配"勐允养"和"白鹭城"这么清迈而又端庄的称谓。

二

茶山壮阔，高大落拓的茶树与引水渠边少量的珠栗与多依树，构成了邦迈大平掌山顶上粗线条的风景线。远处黛青色的大吉山与近处巨蟒般翻腾的红菌山，犹如凝固了的怒海拥有青铜一样伫立的峰丛但又在清晨透明的阳光下安静得就像是造物主的一块块碧玉。

茶树排列有序，无论哪一棵高大如幕而哪一棵又热衷于横向伸枝，

样子像撑开的巨伞，它们都站立在法定的位置上，预留的空间又是如此
的充裕、准确，完全是经过了精心的测算和不容否决的安排——只许这
样，不许那样——严密的纪律和它获取的效果令人惊叹。因此，我们可
以说这些百年树龄的古茶树，它们像仪仗队一样排列在陡峭的山坡上，
但不是为了接受我们的检阅，而是一直在向 100 年前栽种它们的人致敬。
队列里，某一株茶树原因不明地死了，它的位置上现在就立着来历不明
的比茶树体量高大几倍的珠栗树，每一棵珠栗树下都有着眺望大吉山、
红菌山和邦迈大寨的天生观景台，中午的树影下，黄昏的夕照里，夜晚
的月光中，不时有人坐在那儿，静静地抽烟，甜蜜地恋爱，温和地喝酒。
我发现他们留下来的酒瓶、糖纸、烟蒂和被他们屁股擦亮的石头，忍不
住开心地笑了。这是茶树为他们让出来的地方，让出来给他们眺望、唱
歌和谈情说爱的场所。同行者中，有人也看见了珠栗树下的"垃圾"，
嘀咕了几句，大意是这些曾在此小坐的拉祜人文明素质低下，不该在茶
树林里饮酒作乐，而且垃圾也不带走。我与他的观念相悖，扭头朝他挤
了挤眼睛，一屁股坐到了一块亮堂堂的石头上，掏烟出来，叼上一支，
点燃了，惬意地抽了一口。站着时所见的对面的山和山下的寨子，与坐
下来所见的果然是有差异的，它们似乎朝前移动了很多，离人更近，峰
起峰落的景象竟然变得温婉柔和起来，像人的伙伴而不像人的生死场。
越过大吉山锯齿形的天际线吹过来的风，带着浓郁的忙糯乡和大文乡油
菜花的香味。双江县众多的茶山长阔高深，偏激的环保主义者恨不得把
所有的茶树移植到一尘不染的天空里去维护和生产，我倒是觉得那是大
可不必的。环保与生态是人间的事情，是茶叶的现代性命脉，这已经是
常识与通识，谁也不想轻慢，轻慢它的人是爬不上双江的茶山的。环保
与生态的警钟声里，我反而觉得，在茶树底下繁衍生息的拉祜族人、佤
族人、布朗族人和傣族人，以及哈尼族人和早就移居而来的汉家人，他

们所创造的源远流长的茶文化和民族文化，还得继续气象万千地呈现在茶树底下，因为他们的文化是普洱茶的重要组成部分。你品尝过芦笙、蜂桶鼓、牛腿琴和象脚鼓的声音催生出来的茶叶吗？你品尝过反复承受种茶民族祭拜的古茶树上长出的茶叶吗？茶园是他们的生活现场，这珠栗树下应该每二十亩茶地上就有一座公开的或隐秘的观景台，每一座观景台上都应该时常有人坐在那儿。当然，坐在那儿的人，他们离开的时候，最好能把垃圾带走。双江的傣族人都知道，他们的祖先来自瑞丽江谷地——我曾经在那儿拜访过一座江岸上的山，山名叫"雷牙让"，上面有一座缅寺及金光闪耀的大金塔。我问佛爷"雷牙让"翻译成汉语是什么意思，他告诉我：野草和荆棘让出来的地方。让出来干什么？让出来给人类建立村庄、耕种粮食、养育后代、建盖寺庙。同样的道理，当茶树林里的某些茶树以死亡的方式让出一个个"地方"，它们就该是人们种茶之余安放肉身和凌空望远的场所。

邦迈村有 7 个自然村，邦迈、铁坡和干龙塘 3 个自然村全是拉祜族，南摆河和板桥自然村拉祜族与汉族各占一半，上勐歪自然村 62 户全是汉族，下勐歪自然村三分之二是汉族，三分之一是佤族。全村有茶地 5000 多亩，民国初期种植的就有 2000 多亩，40 年前种下的 2000 多亩，新植的 1000 多亩。按照村监委主任李水发的说法，在 2007 年以前邦迈的古茶树还要更多一些，但这些"更多"的茶树在 2000 年前后因为茶叶价格过于低廉，只能卖几元钱一公斤，被老百姓砍丢了不少。而到了 2007 年，由于普洱茶"大旺"，不少人以追逐古茶树为使命，开价 1000 元左右一棵，上下勐歪两个自然村的很多茶农缺乏远见，禁不住诱惑，就把家里的古茶树卖了，让人连根刨起，用卡车拉着，想移植到什么地方就移植到什么地方去，殊为可惜。说完，他开起了玩笑："勐歪"是傣语，汉语的意思是"这个地方的人跑得快"，结果人跑得太快，

◆　邦迈村的墙绘

把古茶树丢了。邦迈是县委办、临沧市志办、省兴业银行脱贫攻坚和乡村振兴的挂钩点,县委办青年干部李良川在此挂职"第一书记",他领着我在寨子里到处参观,介绍每个拉祜家庭的基本情况和他们所做的一系列工作。拉祜人爱养狗,每家都有2至3条,每到一处,我们身后都会跟着一群,汪汪吠叫却不近身,引起全寨子的狗都在不同的角落一同吠叫起来。读过德国诗人马蒂亚斯·波利蒂基写于柬埔寨拜林的一首诗,诗的名字是《犬之协奏曲》(郭笑遥译):

深夜中,久久
在卡车隆隆驶过之后,
鸣笛声赶走了沥青路上
最后的生命征象,久久
在鸡鸣破晓之前,
在每一位僧侣以他的方式
宣告新一天的降临之前,
在深夜中,在最深的
寂静时刻,犬群
像接到命令一样开始吠叫。

一百只狗,两百,两千,
无人知晓它们的数量,
也许它们也在地平线后、在所有
云朵深垂于大地之上的地方吠叫,
仿佛只有它们已经领会,
自己在今夜、在余生,

在下一世、再下一世中，

处于何种毫无希望的境地之中。

早上，男人们在茶馆里，

啜饮着浓茶，

仿佛什么都没有发生过，

仿佛什么都不会发生，

在这一世里不会，

在下一世里更不会。

邦迈的狗叫声却不似柬埔寨拜林深夜的狗叫那么悲怆、无望，它们在阳光和煦的中午响起来，明亮、喜悦、亲切，没有半点敌意。当我们在它们的叫声里推开某户人家的院门，坐到院子里去喝茶、聊天，它们就不再吠叫，靠着院门一个劲地摇尾巴，嘴上悬挂的长舌头晃来晃去，偶尔还会跑过来，舔我们的裤管或手臂。事实上，邦迈也是我迄今所到过的环境最整洁和景象最美好的拉祜族寨子，古茶园环侍着它，古榕树和高大的楠竹林据守在村头和道路两边，三角梅像天空中飘落的红云，分落在很多人家的院墙上，各种绿植或盆栽或自然生长，遍布在楼头、屋后和菜地边。村口那堵长达近百米的文化墙，匿名的乡村艺术家把拉祜人采茶、制茶和欢庆丰收的打歌场景都以长卷的方式描绘在了上面，让我每次从墙下路过时，都想走进画面里去。李良川说，现在的邦迈古树茶能卖到2000元左右一公斤了，关键是这些古树茶条索好，显毫，一些茶厂买了去都舍不得单独压饼，而是用去做"撒面"——正如邦迈是有名的美人寨，拉祜姑娘漂亮、勤劳、开朗，总是被茶叶企业聘去当形象大使。

那米是南国雄茶叶有限公司的形象大使之一。她的家就在文化墙尽

头的坡地上，三层新建的小洋楼，住着 87 岁的老爷爷、父母和弟弟李
庆阳（拉祜名扎妥）一家三口人。初识她是在南国雄公司的双江县城会
客厅，同为拉祜族的公司董事长王顺祥、石晓梅夫妇向我们介绍："那
米，拉祜族，公司的总经理助理。"她娇小玲珑，明眸皓齿，满脸阳光
和春风，介乎外向与沉静之间的美，类似于茶山顶上没有同类、独自盛
开的杜鹃花之美。我告诉她，"邦迈"是傣语，翻译成汉语，意思是"有
杜鹃花的地方"。她说："我知道的。"进入她家，她的父母和弟弟不在，
爷爷在露台上晒太阳，弟媳在打扫卫生，一岁零一个月的侄子在独自练
习走路。她家的露台很大，凌空于斜坡之上，同样可以坐看滚滚而来的
大吉山和红菌山，只是角度有了变化，表面上涌过来的峰群像一群在天
空下原地奔跑的巨人。她的弟弟扎妥与其妻子何欢欢是在网络上认识的。
何欢欢是四川南充人，与父母闹架，扎妥让她来邦迈，她果然就买了张
车票，千里迢迢投奔邦迈而来并爱上了邦迈。2021 年 11 月 6 日，他们结婚，
次年生下了一个儿子。何欢欢找来几个竹凳让我们在露台坐下，又用飘
逸杯给我们泡了茶。她戴着一副眼镜，样子很柔弱，我问她："习惯吗？"
她回答："习惯。"边说边笑，把眼睛余光投向她的儿子。从她家出来，
路边上的一块平地上建有一座用青瓷砖贴满了面墙的小教堂，我进去看
了看。里面没人，小广场是平时用来打歌或用于其他民间事务的，此时
空落落的，墙角砌嵌了几口茶叶杀青的铁锅，想必采茶的时候，这儿也
是个临时的制茶车间。礼拜堂上了锁，旗杆上的国旗在春风里猎猎作响。

三

朵朵白云散布在天心，一袭白衣的鹭鸶在它们中间穿行。这样的天

空小景像极了勐勐第二代土司思汉梅的女儿罕聂甩成仙时的景象。思汉梅是第一代土司罕甸法的长子，是勐库之王。他死后，傣族人一直把他当成庇护村村寨寨的社神。

> 谈起思汉梅，
> 还有这样一段趣闻：
> 临产前夕，
> 一天拂晓，
> 有只大虎来到宫廷门外，
> 用爪把青树根刨抓，
> 官员协纳、阿曼、罢罗依，
> 为此给公子取名思汉梅。

宋子皋先生《勐勐土司世系》中这么写道：傣语称虎为"思"，"汉梅"即用爪刨树根之意。《勐勐土司世系》中没有书写耿马土司罕边法强行合并勐库（含勐景庄）和勐允养二勐为一勐的事，而是说二勐合为一勐乃是由思汉梅主动缔结完成的，时势之需也。宋子皋先生抛开残酷的三勐被灭事件而不写，却用了非常多的笔墨，尽情、尽兴、尽善尽美地书写了思汉梅女儿罕聂甩的美丽和引发周边的人前来观美的盛况。当时思汉梅刚入主勐景庄和勐勐一带，仿佛整个世界都在为他女儿之美而沸腾、发狂，不惜用足以引发战争的手段来获得有"三色金线花"美名的罕聂甩的青睐：

> 时间过了数载，
> 罕聂甩长大成人，

秀丽多姿美如画，

眉如柳叶，两眼又圆又大水汪汪。

肤色一天变三样，

巳时如赤金般发亮，

申时艳如桃花红，

未时如粉红的花朵。

三色金线花的美名由此得，

官员百姓个个称赞，

伙子人人爱慕。

三色金线花姑娘，

名声传四方，

各地各勐的人，

景谷、景东、澜沧，

纷纷前来观看。

勐日、勐焕、勐缅（的人，下同），

都赶来景庄做大摆（大集市）。

澜沧江上游，

勐夏、勐窝、勐班，

纷纷涌入景庄城；

南方的勐宾、勐允，

孟连、孟艮，

勐养、勐阿、勐马，

都相约前来一睹为快。

北方的勐统、勐宪，

勐哈、勐雅，还有耿马、孟定，

十八土司，

从四面八方来，

云集景庄坝子把美人看。

勐角、勐董，

成群结队，

络绎不绝，

奔向勐勐。

这些前来观美的人带着厚礼去拜见思汉梅，都想把罕聂甩迎娶回去做婻勐（印太夫人），思汉梅一一回绝，因为许配了一勐就等于得罪了众勐。于是，求亲的使者说，"我们求亲不成，死也不还乡"，建议各勐调集兵马，战场上见，谁胜了谁就娶走罕聂甩。"绿宝石落入别人的金库，你想前去分享，对方怎会心甘相让？"思汉梅觉得这只会让各勐之间的战争没完没了地打下去，权宜之计就是挖一座地宫，把罕聂甩藏起来。罕聂甩不见了，大街小巷到处都是寻找她的人在团团乱转，有的翻墙被狗咬伤，有的弹着琴弦找遍了丛林，有的声嘶力竭地唱歌祈求罕聂甩能听见，有的到处找迷药，有的披着红毯子到处乱闯像一个个疯子。孟连土司请来了"滚模"（占卜师），用紫糯谷的稻秆卜算，祈求神佛显灵，终于测出了罕聂甩藏身地宫的位置。他叫来侍从，从城外挖一条地洞进入城里，刚挖到地宫，洞顶塌方了，罕聂甩和奴婢婻补罕以及挖洞的侍从全部葬身于洞内。思汉梅及"天下人"悲痛欲绝，但他没有因此怪罪孟连土司，传说中发生的战争在现实中没有发生，他把罕聂甩和婻补罕的尸体挖了出来，送至城东，用高高的柴火燃起的熊熊火焰，将她们烧成灰，装进土罐，埋在了一个小山丘上面：

数日后，

两媽的坟堆上，

长出两株菩提树。

这两株菩提树现在早已长成了勐勐地区树冠最高、树幅最宽的巨木，终日有一群群白鹭从中飞出来，又飞进去。只是我们不知道，它们伫立在勐勐城东白茫茫大雾中的哪一座小山丘上。

四

老一代的章外人挑茶去临沧的博尚镇出售，天还黑的时候上路，天黑下来的时候回来，花上一个白天走 80 公里的往返路程，在以前算不得什么，是占尽天时地利了。章外也有个大市场，以前有，现在还有，交通四方，物资聚散，什么东西多了就往外运，什么东西奇缺，就从外面运进来，人挑马驮，山路上从来不缺边走边聊的人。所以，章外一直是双江腹地进入缅宁（临沧市临翔区）的东大门，也是缅宁进入双江腹心的门户。街子是建在山岽上的，出现了不少洋楼，也有很多老屋还在，不是粗劣的土基房，土木结构，端庄，雄强，门窗的木框与门板一擦再擦，很干净，包浆了，一看就不是简单的"遮风避雨"之所，住在里面的人肯定殷实、体面，有闲心，生活的细节一点儿也不马虎和妥协。

村上的副支书杨少培，一眼望上去是个书生，再望上去还是个书生，说起话来温文尔雅，逻辑性强，记忆力惊人，的确是个书生。我们分别坐在一张茶桌的两边，他没带片纸，也没有沉思片刻，一口气

◆ 章外村村委会厨房后门，就是一片古茶林

说出了下面这些内容：全村 7 个自然村 13 个村民小组 497 户 1847 人，其中帮壳科村 12 户 52 人，是拉祜族村。全村有茶园 4500 亩，其中古茶 987 亩，可采茶园 2500 亩，490 户人家有茶地。有茶叶初制所 12 个，手工作坊 30 多个。茶山属于勐库茶区的东半山，但没必要如此说，就叫章外茶山挺好的。7 个自然村，营盘村 76 户 287 人；旧寨村 69 户 380 人；新寨村 62 户 260 人；大石头村 27 户 110 人，这儿的茶最出名，勐傣茶厂每年都来收购，2021 年的鲜叶卖到了 50 元一公斤；上章外村 102 户 400 余人，茶叶也很好，还是勐傣茶厂在那里收茶；下章外村 97 户 275 人，红壤，阳光充足，茶质一流，外来收茶的人最多。他们开着皮卡车来，先看茶树，谈妥了价格，采多少收多少。有的人来收茶，带着无人机，拍了视频，马上传出去让卖主确认，卖主认可了就买，不认可就走掉。也有网红来到下章外，蹦蹦跳跳地介绍茶园和茶叶。帮壳科村 12 户 52 人，20 年左右户数和人数没有变化，这儿的茶叶单株卖到了 5600 元一公斤，生态好，古树多，戎氏茶业每年都在检测农残含量之后收购一芽两叶的鲜叶。总之，由于章外茶条索紧结，芽肥叶壮，香气浓郁，汤质刚强，回甘快而且持久，茶性张扬，有霸王气质，常常被人当成优质的勐库茶去出售，或用作拼配茶的"佐料"。至于烤烟，上章外 600 多亩，新寨 190 亩，旧寨 110 亩，大石头 100 亩，下章外 200 亩……

我没有打断他，静静地听着。我坐的地方面对着村委会的厨房，厨房有道后门，一堵阳光倒塌进来。透过阳光，我看见了一直抵达门框的乔木古茶树。我想，也许这些茶树就是拉祜族人在 1887 年第二次起义前种下的，那时候他们是章外的主人和拓荒者，按时向勐勐傣族土司上缴着"山水钱粮"，既独立又不堪重负。张秉权和张登发父子的队伍由章外向东突进，潜意识中就是为了打回代表着"牡缅密缅"

◆　章外街一度非常繁华，村民正在对旧房进行翻新

的缅宁去，回到祖先的伊甸园，所以，"佛祖帕"张秉权一声令下，拉祜军队首先就是从章外出发并攻打旁边的打雀山的，而云贵总督岑毓英下令进剿的两支大军，其中一支也是直赴章外而来，战争的残酷，导致章外的每一张茶叶上，正反两面都遭到射击，至少有两个以上的弹洞和箭洞。起义惨败，百分之九十以上的拉祜人或跟着拉祜军队战死、溃逃，或外迁远遁，离开了章外，而汉家人正是此时开始迁入章外的。1903 年，张朝文又举事，章外仍然是拉祜人东进缅宁的前沿，彭锟领着团练武装前来镇压，第一场血战就发生在章外的三台坡，起义军首领之一的罗扎布被擒斩于此。这次起义失败后，彭锟开始了他摄政双江 20 多年的政治生涯。他大力推广种茶，章外的汉家人表现最积极，杨少培所说的 987 亩古茶树，大抵就是这时候所种植，因此，这也才有了 1950 年代初期双江茶叶站在章外设点收茶，第一年收到 9354 斤、第二年收到 12000 斤的"盛况"。而之后的章外开市集，无疑也给章外带来了门户式的发展机遇，章外的繁荣有着"战地黄花分外香"的极端味道。

杨少培领我去看农贸市场，一户街民在改建两层楼的老屋，有人站在楼上往下扔拆下的旧椽子，灰尘四起。我们转入另一条小街，小街是由坡底向上延伸出去的，街头正好抵达光芒四射的太阳，明晃晃的。一个骑摩托的中年男子驮着一箱茶叶从上面飞驰而下，像一个太阳星球里的来客，身上的火焰散发着茶叶的香气。

五

无名的山丘上长满了松树，我坐了下来。这么猛烈的风，松涛却若有若无，似有什么力量在死死箍住松枝，不让它们摇曳，但我内心的松树、风和松涛是自由的，由内向外不停地鼓动、呼喊、震荡，令我在地土上难以坐稳，像承受着剧烈疼痛的病人双手捂着肚子而整个身子仍然在无主地摇晃。大先生，文字中，我一直尊称松树为大先生，不敢用它的枝条煮茶，也不曾用它白色的灰烬粉刷过缅寺陈旧的墙壁。在从勐勐去邦丙的路上，在从邦丙去大文的路上，在从大文去忙糯的路上，在从忙糯又回到勐勐的路上，在每一条路上，我首先看见的是松树而不是茶树：只有在看见松树之后，只有在松树退回山顶把向阳的山坡礼让给茶树之后，我的目光才会停留在茶树上并试图从茶树上找出松树的影子。能从茶树的身体中找出松树吗？我没有把握。正如我也很难从松树的身体中找到菩提树，从菩提树的身体中找到松树。但是，从菩提树的身体中是找得到茶树的，反之亦然，因为它们总是被栽种在寺庙的周围。松树也曾包围一座座寺庙，名叫万松寺的寺庙我就拜访过几座，可它们与茶树和菩提树终究不能互相成为对方，茶树和菩提树出现在寺庙边上，是念经的僧侣，松树一旦出现在那儿，则像来访的诗人，带着风和涛声。有时还带着白鹭、仙鹤、山鬼，以及他自己的影子。说到诗人的影子，寒山子诗曰："此时迷径处，形问影何从？"翻译成白话文就是："如今我已迷失了回家的小路，身子在问影子你是怎么跟上来的？"多少有些令人费解，当我由勐勐镇路边的松树论及茶树和菩提树，兜兜转转来到"诗人的影子"上，我其实还坐在松树林中，在等待松涛声响起之前，望着对面山上阳光照亮的一片茶树林发呆：我的灵魂似乎正在两种气质不同的树木之间气喘如牛地往返。

六

彝家村只有 1800 多亩茶园，古茶树本来有近千棵，但被一些茶叶企业私下买走了大半，以每棵 50、60、100、200 元不同的价格，现在只剩下了 300 多棵。所以，村监委会主任左元忠说，多数有茶树的人家一年卖茶只有 1 万元左右的收入，也就是一头牛的价格，或者外出打工 2 个月也能挣到这点钱，大家因此对种茶不是特别上心。

彝家大寨有 8 个村民小组 486 户人家，全分布在并列的 5 道小山梁上，其中彝族有 226 户，拉祜族有 50 户。由于寨子大，人口多，而 5 道小山梁又只是一座微型的"五指山"，早就房子挨着房子，人挨着人，连牛羊奔跑的空地都没有了，而且许多地方存在滑坡的隐患。因此，1995 年、2008 年和 2015 年在有关机构的主持下，曾分三次向银厂河、忙建和大平掌三地移出了 180 多户人家，"五指山"上只剩下了 100 多户。其中移往大平掌的人家有 96 户，人均 0.3 亩宅基地、2.6 万元建房补助款，人们补足资金，已经在曾经无人居住的荒地上建起了一幢接一幢的新楼房，从远处看，像高高山梁上的一个宫殿群，三面临深谷，春风吹得树叶噼噼啪啪响个不停。彝族都是从大理巍山搬过来的，语言、服饰、风俗没有发生大的改变，6 月 24 日至 26 日过火把节，左元忠说："打着火把，往火把上撒着松香，拿火把的队伍在一座座山梁上延伸，前不见头，后不见尾。"遇到丧葬，人"成佛"了，根据男女性别，人们就在祭司念念有词的音调中，用点燃的松明子火焰在"成佛人"的棺材上掠过，男的掠 6 次，女的掠 7 次，把生前"不好的东西"一次性清理干净，然后才下葬，在墓地四周撒谷子、种豆子。英国传教士伯格理所写的《我在神秘的中国》一书中说，他曾经尝试着前往四川大凉山彝族地区传教但无功而返，因为那儿的文化底蕴深不可测自成体系，飞得再高

◆ 彝家大寨曾经是一个人烟密集之地，那些搬走的人们依然怀念这儿

的鸟儿也很难在彝人中间展开翅膀。但彝家大寨有一座建于清代的基督教堂，坐落在老寨村口的半山腰上，名叫"蒙恩堂"，是县级文物保护单位。老牧师李扎些是本寨人，2010 年去世，现在的传道人是李三夺，所用的经书有拉祜文的，也有汉语的。人们把人死称为"成佛"，丧葬仪式遵循的是古老风俗，同时又有少部分人信教，显然几种文化是难以各自独立的，只能生硬地组合在一起。

在大平掌左元忠的家中，他泡了一壶"自家吃的茶"给我们喝，香气、滋味、茶性一点儿不输于章外茶和被人视为"上品"的同化茶，而且综合性尤其是融入茶汤中醇厚的香味及口感甚至更胜一筹，我视为妙品。问及产量，他说只有一点点。彝家老寨公路边上有家"丛景茶叶初制所"，老板叫杨小丛，是个汉族，妻子李荣景是彝族。2021 年他们卖出去 13 吨茶，其中古树茶有 3 吨左右，360 元一公斤。去年他们又做了 13 吨，由于疫情影响，只卖出去 9 吨，积压下来的干茶用纸箱装着，沿墙根摆放，看上去像座小山。他们的茶主要销往西双版纳的勐海，杨小丛说——那边的茶人对茶叶的研究更细、更深，值得他认真学习。而我也告诉他，单是勐海茶厂在前几年每年都会在临沧特别是在双江收购茶叶 2000 吨左右，市场巨大，能分上小小的一份，就能把彝家茶隆重地推荐出去。他把手中盖碗里的茶汤倒入茶海后，估计是水烫，扬手抓了抓头发，顺势又理了理衬衣领子，仿佛一个马上要出门远行的人。类似的场景，德里克·沃尔科特在《白鹭》中写道：

> 如今每当正午或傍晚，在草地上
> 白鹭们结伴静静地向高处飞翔，
> 或者像赛船那样驶向海绿色的草地，
> 它们是天使般美丽的灵魂……

勐库记

　　勐库，系傣语音译的汉字地名，傣语音为"勐虎"。勐，地方；虎，高山峡谷。勐虎意为高山峡谷中有平坝的地方。475.3 平方公里的勐库土地上，37 公里长的南勐河由北向南将莽莽苍苍的群山切割为东西两个山国集团，河之东或曰东半山或曰马鞍山，河之西或曰邦骂山或曰西半山。南勐河是双江县第一大河，发源于临沧市临翔区南美乡南楞田分水岭，流经勐库和勐勐两个坝区，注入小黑江，全长91.6 公里。在勐库段，因流经之地不同，或称南等河，或称勐库河，或称大河湾，并有坝卡河、大户赛河（懂过河）、怕奔河和南滚河等河流汇入。

　　河流两岸是拉祜族、布朗族和傣族三个民族古老的家园，他们先后建立了"牡缅密缅"、蒲子城和景丙城（人称"咩勐"，傣语，"地方母亲"）等部落城邦，元朝至正十八年（1358 年）则由勐卯麓川政权东征部队一个名叫罕谍法的首领，奉命在此建立了勐库土司领主政权，上演了一部由神话传说、迁徙流亡和现实世界互相交织而成的多民族参与的充满狂喜与狂悲的历史戏剧。同时，南勐河两岸的崇山峻岭之间，大

◆ 冰岛湖

雪山上不但有着目前国内外已发现的海拔最高、密度最大、分布最广的野生古茶树群落，是茶山众神栖居的宫殿；其他众山亦是我国首屈一指的优秀茶叶良种、国家农产品地理标志登记保护品牌、被列入全球重要农业文化遗产预备名单优质品种——勐库大叶群体茶种的发祥地。刀德才先生1990年主编的《双江文史资料·傣族专辑》记载：明成化十六年（1480年），耿马土司罕边法派其侄子罕廷法执政勐勐土司政权后，在与当地土著民族交往中，罕廷法得知经过加工的茶叶味道远比野茶好，他就命令勐库大圈官率领冰岛村民建盖佛寺，并命令岩庄等四人前往缅甸莱弄学习茶叶栽培和加工技术，归来后于新建的佛寺周围首次试行培育茶苗，第一代培育成功150余株，数年后，茶母树长大、开花、结果、繁殖，成为勐库大叶茶之祖。对此"茶源说"也还存在另一种观点，《双江拉祜族佤族布朗族傣族自治县志》记载：明成化二十一年（1485年），勐库冰岛李三到西双版纳行商。看到那里农民种茶，路过"六大茶山"拣得部分茶籽带回，到大蚌渡口过筏时被关口检查没收。勐勐土司罕廷法得知后，第二次派李三、岩信、岩庄、散琶、尼泊5人到西双版纳引种。回来时用竹筒做扁担，打通竹节，将茶籽装入竹筒内，带回200多粒茶籽，回到冰岛培育试种成功150多株。经繁殖发展，清朝至民国初，逐渐扩大到坝卡、懂过、公弄、邦改、邦木、勐库、勐勐等地，其他地区有零星种植。土司时期，茶叶已成为土司向农民派捐的重要物资之一。当然，还存在着一种与上面两种都相悖的茶源观点，不少人认定勐库大叶茶种就源自大雪山野生古茶树聚落，是孔明教会濮人祖先识茶之后从野生茶树驯化出来的——尽管科学研究一再证明，大理山茶种的野生古茶树与勐库大叶茶种之间没有也不可能有血缘关系。茶源成谜，但勐库大叶种茶的横空出世是铁打的事实，并成为云南乃至中国茶种的一个重要源头。《顺宁县志》《云县志》《耿马县志》《临沧县志》《保山地区农业志》《临沧地区科技志》等志书，均记载了凤庆、云县、镇康、腾冲、临翔诸地清代和民国时期引种勐库大叶种茶的事实。彭桂萼先生的《双江一瞥》载："中华民国初，勐库大叶茶年产万担，民国二十五年至二十六年，茶税年度完税7000担；春茶期间，外地商人云集勐库，竞相采购茶叶。"勐库大叶种茶在当年就盛极一时。之后，国家重视勐库大叶种茶的开发利用，福建、广东、广西、四川、贵州诸省区广泛引种勐库大叶种茶，其后代遍及神州茶山。

家园就是茶圣地。冰岛，原名丙岛，傣语，冰：打捞；岛：青苔；"丙岛"意为打捞青苔送给土司做菜之地。它是罕廷法在东半山和西半山上最早建佛寺的地方，也是史料中指认的勐库大叶种茶的发祥地。据说，佛寺未毁之先，冰岛佛寺的大鼓不响，勐库坝子里的人谁也不敢敲鼓，其鼓一响，万鼓齐响。同样，在公弄村，叶自平先生也告诉我：公弄山下，现在的勐库农场一队那儿，曾经是公弄的"大鼓山"，大鼓摆放在山顶，有事或祭祀，公弄的大鼓擂响，勐库的众鼓就会跟着响起来。坐落于西半山的冰岛和公弄，无疑都是茶山的心脏，但在它们旁边和对面东半山上，南迫、地界、坝歪、糯伍、懂过、大户赛、豆腐寨、三家村、小户赛、正气塘、亥公、那赛、小村、忙蚌、磨烈、小荒田、那蕉、包谷地、南等、橄榄山、坝糯和丙山等等一座座茶山茶园，无一不是茶叶界的茶山翘楚和众多茶人的理想国，是它们在以南勐河为扇骨、东西两半山为扇翼而展开的山地上，犹如一棵棵高耸的立柱，共同撑起了勐库大叶茶奇迹般的壮阔殿堂。缺了哪一座茶山，殿堂都不再完美。在地图上，其实勐库镇的区域形状除了像一个扇面而外，它还像一棵以南勐河为主干、枝条向着四面张开的古茶树。

一

东半山，西半山，东西半山烟雨中，湖山似图画。

采茶人，赏茶人，盘山公路西复东，何处不相逢。

这首名为《长相思·勐库》的词，作者是 42 岁的冰岛村支书李彩荣。词写出来，他请一位署名"金星"的书法家书写后，装裱了挂在他所创办的"双江水叶盛商贸有限公司糯伍古茶初制所"茶室里。茶叶初制所和茶室建在冰岛湖东岸的公路边上，推开西窗，看见的就是一树桃花和桃枝下面的碧水，以及湖泊西岸阳光里的青山。空气清新透亮，一丝微寒飘逸其间，像糯伍茶香甜滋味中那一缕沁人心脾的薄苦，叫人于忘我中顿生觉悟——知道了茶汤对自己无言的救赎。李彩荣 1981 年生于冰岛糯伍，5 岁时父亲去世，次年母亲又去世，八兄妹中除了最小的妹妹被送给临翔区的一户人家外，几兄妹就跟着 15 岁的大哥和 13 岁的大姐无比艰难地谋生。他们种稻子和苞谷，也种家中的几十亩茶。1980 年代末期，一斤糯伍茶卖到勐库 1—1.5 元，卖到临翔区的勐托则是 2—2.5 元，8 岁左右他就跟着大哥大姐背茶去勐托卖。天还没亮就出发，没有手电筒，打着松明节火把，经张家坟、以寨、以寨坡、岭脚、白沙坡、南岭坡、忙召寨前往勐托，沿途都是黑森林，不时还有野猪和老熊出没，鸟声，风声，松涛，什么声音都有，阴森森的，一个人背负 50 斤左右的茶叶在其间缓慢前行，感觉就像是在世界的外面行走，心惊胆战而又苦劳无度。茶叶卖掉，当天又回返，走在同一条路上，感觉是从世界的外面往回走，手上攥着茶叶钱，有喜悦，也有恐惧，回到家一般都是晚上 12 点左右。后来，他被哥哥和姐姐送进了学校，在南等、冰岛和勐库 3 个地方读完小学，都是背着粮食去学校自己煮饭吃，在勐库上五年级时是走读，30 公里的路，每天都是两头黑，中午还得去帮别人挑大粪，一天能挣 2.5 元钱。中考时他却一飞冲天，以优异的成绩考取了云南最好的中学——云南师范大学附中，却因为家里太穷，供不起他前往昆明去读书，只能由县发改委资助就读于县一中，1998 年考取了临沧师范学校。高利贷借了 1000 元，各种机构资助了 2700 元，他得以进入师范学校，接下来就是当清洁工和守门人，甚至一度去帮人杀猪，当了屠夫，靠着勤工俭学和姐姐打工每月所给的 30—50 元钱读完了师范，被安排到东半山的梁子小学当了一名教师。8 年时间由教师升为教务主任和校长，2009 年调至坝卡完小，一年后又调至冰岛完小，8 年后再调往懂过完小，2020 年选择辞职，并于半年后被选举为冰岛村支书。

听李彩荣平静地陈述自己的往事，我几次在不同的节点上忘了记笔记，我无法将他"茶山孤儿"的形象镶嵌进名满天下的冰岛茶山的背景中，同时似乎又隐隐窥见了冰岛茶山之于某些个体命运的无力感——而且，我明显地从他的陈述中发现了人云亦云的时间真相：在一些确切的时间段上，尤其是在人们极度弱小的童年时期，失怙失恃的灾难之重是永远不分场所的，尤其是当"冰岛茶山"这样的辉煌背景还处于暗淡无光的时候。在如此的背景中侥幸地活下来，又依靠仿佛是妄念的希望艰难地找到了一条属于自己的道路，这只有时间才能派发给人的悲怆，不是"生不逢时"几个字就能稀释的。而当冰岛茶山在自己走出困境后突然又变成了金山银山，如果一个人有喜悦，又该是怎样的一种喜悦？所以，我问李彩荣，为什么从学校辞职，他都笑而不答，而是通过手机微信发给了我一篇名为《冰岛茶现状及保护

◆ 冰岛村支书、茶人李彩荣

措施》的他的署名文章。文章写于 2023 年 2 月 2 日，分为冰岛茶现状、冰岛茶保护措施和冰岛茶的特点三个部分，因为他的冰岛村支书身份，我把这篇文章看作冰岛"代言人"的发声，有极高的文献价值和一定的茶学价值，全文摘录如下：

冰岛茶现状及保护措施

一、冰岛茶现状

冰岛村委会位于双江县勐库镇北部，东北与临翔区南美乡接壤，西面与耿马大兴乡相邻。村委会距勐库镇政府所在地 25 公里，辖冰岛、地界、糯伍、坝歪、南迫 5 个自然村。全村总面积 33.61 平方公里，海拔在 1400—2500 米之间，年平均气温 15℃，年降水量 1400 毫米，现有农户 368 户 1486人。冰岛村属于亚热带高山气候，雨量充沛，日照时间长，植被覆盖率达百分之八十五以上，适合种植茶叶、核桃等作物。冰岛人喜欢种茶饮茶，有记载的历史可追溯到明朝成化年间，目前，冰岛村委会有大中小茶叶面积 17891 亩、古树茶 2480 亩，可采摘面积 16354 亩，百年以上古茶树 77022 株，500 年以上古茶树 16857 株。2022 年，干毛茶产量 664 吨，产值 3 亿多元，平均亩产干毛茶 84 公斤，亩产值 4.5 万元，均价为 534 元 / 公斤。

冰岛组距镇政府所在地 30.5 公里，是一个拉祜族、傣族、汉族杂居的自然村，现有农户 74 户 272 人，茶叶种植面积 2459 亩，可采摘面积 1941 亩，百年以上古茶树 22545 株，

500 年以上古茶树 4954 株。2020 年，干毛茶产量 122 吨（古树茶 7.8 吨），产值 1.5 亿元，平均亩产干毛茶 62 公斤，亩产值 7.7 万元，均价为 1250 元 / 公斤，2021 年冰岛古树春茶鲜叶价格最高达 2 万元 / 公斤，晒青毛茶价格最高达 8 万元 / 公斤。

地界是冰岛村委会的一个下属自然村，离勐库镇 26 公里，距离冰岛村委会 2 公里，海拔 1400—2100 米，村子海拔 1600 米左右，现有 82 户，354 人，是拉祜族与汉族杂居的寨子，拉祜族占百分之八十五。地界寨子现有百年以上老茶树 500 多亩，一季古树春茶干茶产量 8 吨左右，百年以下 30 年以上 600 多亩，30 年以下 1600 多亩。人均收入在 36000 元左右。

南迫是冰岛村委会的一个下属自然村，离勐库镇 29.5 公里，距离冰岛村委会 6 公里，海拔 1500—2000 米，村子海拔 1600 米左右，主要产业在南迫老寨，全组百分之九十五都是拉祜族，现有 84 户，374 人。南迫寨子现有百年以上老茶树 400 多亩，一季古树春茶干茶产量 6 吨左右，百年以下 30 年以上 700 多亩，30 年以下 1800 多亩。人均收入在 30000 元左右。

糯伍是冰岛村委会的一个下属自然村，离勐库镇 24 公里，距离冰岛村委会 5 公里，海拔 1400—1900 米，村子海拔 1600 米左右，现有 45 户，175 人。糯伍寨子现有百年以上老茶树 400 多亩，一季古树春茶干茶产量 5 吨左右，百年以下 30 年以上 600 多亩，30 年以下 1800 多亩。人均收入在 26000 元左右。

坝歪是冰岛村委会的一个下属自然村，离勐库镇 26 公里，距离冰岛村委会 3 公里，海拔 1500—1900 米，村子海拔 1600

米左右，现有78户，285人。坝歪寨子现有百年以上老茶树600多亩，是冰岛村委会古茶树最多的一个组，一季古树春茶干茶产量8吨左右，百年以下30年以上900多亩，30年以下2000多亩。人均收入在30000元左右。

2002年，农科专家虞富莲教授到勐库调研时指出，冰岛古树茶是人工驯化的大叶良种，是茶之英豪。2006年，冰岛茶在广州茶博会上荣获金奖。2015年，冰岛水利风景区被授予国家级水利风景区称号。冰岛村先后被国家和云南省评为"恒春小镇""2014年中国十佳避暑小镇""全国生态文化村"。

二、冰岛茶园保护措施

（一）依据法律规定保护管理。认真组织村民学习贯彻《云南省双江拉祜族佤族布朗族傣族自治县古茶树保护管理条例》，将条例文本发放到户，列为普法重要内容，大会小会进行宣传，引导群众依法管理古茶树。

（二）制定村规民约保护管理。制定村规民约，由当地住户轮流值班，相互监督，设卡检查入村人员及车辆，随机抽查茶叶加工户，对违反村规民约者严加处罚，防止"非冰岛茶"流入，保证冰岛茶品牌声誉。

（三）改善生长环境保护管理。保护古茶树生态环境，维护原境原貌，减少人为干扰。

（四）采养结合保护管理。合理开发利用古茶树资源，加强采摘技术培训，当地农户管理古茶树做到不施化肥、不打农药，对歪倒古茶树进行支撑，对根部大面积裸露影响生长的古茶树用竹篱围护，根部进行培土抚育保护。

（五）挂牌保护管理。采集古茶树基本信息，登记造册，对古茶树进行挂牌保护。

三、冰岛茶的特点

冰岛茶是最珍贵的云南普洱茶之一，它是典型的勐库大叶茶种乔木树，最高的树冠达到10米左右，大多独株行距较大，1米左右分叉，叶长而宽（长20厘米，宽9厘米左右），墨绿色，叶质肥厚柔软，叶背隆起，叶脉明显，叶边缘有锯齿的形状。冰岛村的老茶树大多枝繁叶茂，老而青翠，老而不衰，鲜叶不像许多新茶园那么硬而脆。冰岛古树茶还有一大特点：持嫩性强，芽叶肥壮重实。一芽四叶还很柔嫩，不像无性繁殖良种茶或细叶茶一芽二叶就显老（叶硬梗硬）。茶香清幽，非常独特。它是勐库茶的极品，是云南普洱茶的极品，是世界茶类中的上上品，绝对是值得收藏的高端极品。

冰岛生茶冲泡后的茶水颜色为漂亮的金黄中带青绿，汤质清润，水甜而滑，几乎不苦不涩。入口生津，香气明显，茶味分明。喝过后回味无穷，喉韵长存！

条索：干茶外形条索粗大，芽头鲜亮。

汤色：汤色金黄带青绿透亮。

香气：清新悠扬。

回甘：持久而韵味悠长。从两颊、牙龈至舌根、喉部，均有明显感受。

水性：水味少而细腻。

茶韵：轻柔而甘甜。

口感：涩少苦轻，口感饱满，汤厚质重，蕴含丰富。穿透性强，张力特显，有特别让人愉悦的清爽感。

生津：两颊不断生津，感觉像两条小溪。

喉韵：韵弥漫，甘存留，津滋生，不忍被打扰。

耐泡度：古树春茶 10 克可泡 30 次左右。

叶底：黄绿明亮。

总体品感：入口苦涩度极低，几乎没有感觉，喉咙部位渐渐会有一丝丝清凉气息，两颊不断生津，感觉像两条小溪，慢慢转化为舌头中后部两颊生津，入口的时候几乎没有觉察出有茶味，茶味是渐渐地从两颊、舌根延伸到整个口腔的。生津效果明显持久，主要集中在两颊部位，茶汤花香，浓度（饱满度）高，杯盖杯底高香，冷杯后闻出特有的清香，香气飘逸厚重。生津特别快，香味在普洱茶中很特殊，香味很正，略带蜜香。

冰岛茶真的如其名字，柔柔甜甜的，像耐看的少女羞涩中带有大家闺秀的气质！像喝到一杯冰水入口时很平淡，但随后整个口腔都充满清凉甘甜的味道。真正的冰岛茶，透着一股明显的甘甜柔弱清香之味道。赝品冰岛茶喝不出这个味道，两颊生津不断的感觉，模仿得出冰岛的高香，却模仿不出真冰岛茶生津回甘、淡雅幽香的独特效果。

冰岛村委会　李彩荣

2023 年 2 月 2 日

糯伍寨里有古老高大的松树，沿着正在硬化施工的村中道路往上走，站在某棵松树下，冰岛五寨中的其他四寨即冰岛老寨、南迫、地界和坝歪尽收眼底，勐库大雪山遥遥在望。五寨中，糯伍和坝歪属于东半山，其他三寨均在西半山。李彩荣说，东半山丘陵多，白砂土，花岗岩，植被比西半山好，茶叶以藤条茶为主；而西半山的山势较为陡峭，土夹石，沉积岩，植被相对差一些，茶树多为乔木古茶树。同时，东半山汉家人比例高，农耕文明比较发达，西半山的主要居民是拉祜族、布朗族和佤族，茶叶种植和制茶历史更为悠久。我指着一棵棵高耸入云的松树问他："为何糯伍有这么多古松？"他说拉祜族人信奉自然神，信奉大树，从不乱砍滥伐。我们身边不时有工程车驶过，哐啷哐啷地响着，扬起阵阵灰尘——他说，下一步，还得多种一些植物，不仅坡上，公路两边，那一栋栋新建的民房四周，都要种，组织老百姓把冰岛村建成一个有山有水、植物茂盛的宜居的世外桃源，而不仅仅是一座令人心驰神往的茶园——许多天后，同样是用微信，他回应了我关于他辞职的提问：辞职也没什么想法，也没什么原因，只是突然觉得人可以做做很多事业，一是考验一下自己，二是自己已将20年最富有青春气息的、身强力壮的时光献给了教育，后20年想干干其他事情……

二

罗扎克是冰岛峡谷中南迫村的拉祜族竜头，他用拉祜语向我介绍了一座座大山和二十八尊山神的名字，说他负责带领村民祭祀这二十八尊山神。他们分别是糯伍科、嘎里克、那若科珠呢、那格妈、扎科伍山呢古门、扎那舍过拉、古崴科、扎吉那铁、日蚌、那阶日阶、哈普妈、鱼

◆　罗扎克是冰岛峡谷中南迫村的拉祜族竜头

◆　祭祀芭蕉林

◆　在祭拜竜林的时候，茶叶是最主要的祭品

◆ 祭拜竜林

磐扎阿、哈朴玛、戈娃、针娃、果猛、贺娃古猛。二十八尊山神多数各有分工，主管不同领域，但也有少数的山神"管理万物"，是全能神，人世间的事情都可以过问、发号施令。其中有两位山神"古崴科"和"扎吉那铁"，前者代表几位山神，后者也代表几位山神，有"诸神合一"或"众神"的意思。他领着我从村庄里一个个插着刀子的窗户边走过，指着一棵榕树和一棵白毛树，告诉我这两棵树上也住着神，不能在树下行污邪的事情。2018年春天，一对广东夫妇进村卖茶，丈夫在山神所在的地方小便，结果回到双江县城后就浑身疼痛，送到昆明去治疗也不见好转，又到处去求医，都无功而返。半个月后给他打电话，他把两夫妇喊回了南迫，他拿着蜡条和糯谷花去到山神面前，念口功（咒语），为他们祈求，山神也就宽恕了他们——丈夫的疼痛神奇地消失了。为了答谢他，广东夫妇备了2袋大米、2箱啤酒、2条云烟和3.6万元人民币，向他磕头，但他没有领受，只是象征性地收取了360元钱。他家的一棵古茶树，有一人合抱那么粗，主干上分出两根枝干，一根是公的，白皮，叶红且薄，茶质无涩味，香味极佳；另一根是母的，叶子黑厚，叶边有齿，茶质苦味和香味非常均衡。此树是冰岛地区著名的"夫妻茶树"，他们会在属龙的日子前去祭拜，而采摘的日子必须属虎：他念完古老的口诀，夫妻俩爬上树，一边唱着情歌，一边采摘茶叶。"夫妻茶树"每年的春茶产量7公斤左右，6600元一公斤，价格永远不变。我和他坐在他家的院子里抽烟时，他告诉我，门楣上用竹篾编的花状物叫"鲁巴"，保佑亲人和牲口平安，而且因为它，那些"不干净的东西"进不了门；墙边的几根棍子撑起一个竹编的漏斗，名叫"阿也"，下面堆着的石头是鸡的房子，同时也保佑猪的平安。我问他——通常的说法，"拉祜"的字面意思是"猎虎的民族"，他认为是否正确？他说，这是不对的，正确的说法是，"拉祜是老虎的伴！"老虎的伴，虎伴，听到这个词的一瞬，我开心得叫了起来。

2022 年 2 月 10 日下午 5：20 时，蓝色天空沉静地安卧在众多山峦之上，从两股水之间的山神"那阶日阶"和白石岩山神"哈普妈"方向斜照过来的阳光，前一分钟还黄里泛白，后一分钟就黄上加黄，由普通的黄慢慢变成金黄，又由明亮的金黄过渡到氤氲的金黄，均匀地点染在万物向阳的表面。经过一天的筹备，人们已经用剥皮的锥栗木和剖开的竹子将四个竜林围了起来，用骡子运来的新鲜沙土在栏栅内闪烁着纯洁的光芒。罗扎克和他的三个助手是最先出现在寨子南边坡地上的竜林中的，那是一丛芭蕉林，他们赤着脚，在原有的几棵芭蕉旁边新植了几棵芭蕉后，用一根白线在芭蕉林外围绕上一圈，便念着口诀，将一根蜡条点燃。同时，罗扎克在新土上挖出一个小坑，在坑里放一支蜡烛，点燃松明节子，烧断一根白线，又用燃烧着的松明节子把坑里的蜡烛点燃。也就是在罗扎克给芭蕉林缠白线之时，寨子里的人几乎都来到了竜林边上，有的焚烧去年护佑过他们的各种竹编器物，更多的人低着头，蹲着或跪着，挤满了锥栗木栅栏边的台地，靠近竜林的地方有限，他们就蹲跪在下边另外的台地上，甚至挤满了寨子边的空地。锥栗木栅栏的四个角上分别有高耸的木桩，上面插着一绺白纸，同时竜林的四个角上也插着四个竹篓，里面装满了每户人家凑在一起的茶叶，罗扎克用一根白线将它们连在了一起。在罗扎克念口诀之先，有青壮年从寨子里用新鲜的竹筒背来一筒筒清水，口诀之后，就由村长将水洒向四周蹲跪着的人们头顶。人们几乎都背着一个背篓，里面装着的祭品有蜡条、苞谷、茶叶、米花、南瓜子、红豆、茅草绳、漏斗状的竹器（名叫竭波）、米、黄豆和挂在门楣上的"底路八"等等，他们争相把背篓挂到锥栗木上，但因为拥挤，更多的人都将其搂在怀里。根据罗扎克念诵的口诀，洒水之后，人们会变个方向——齐刷刷地朝着寨子跪下或蹲下，水又一次洒到头上，一分钟左右又转向竜林，整个仪式持续了半个小时。祭品中的粮食一般都是将要播种的种子，茶叶则要带回家继续供奉，所以在祭拜完芭蕉林后，人们在转向另一座竜竜林时都要把装祭品的背篓背在身上带走，静谧、肃穆的人群往山坡的另一个方位转移时，人群中有两个人扛着长长的木棍，木棍上面系着一捆绿色的杂草。

在人群中蹲跪，我问了两三个旁人，为什么祭拜芭蕉林而不是磐石或满山的巨木？他们没有听懂我的话语或意思，或确实不知道，无人为我解惑。在创世史诗《牡帕密帕》（牡帕密帕，拉祜语音译，意为造天造地）中，拉祜人的祖先曾经跟着一只马鹿来到了"牡缅密缅"，并在那天堂一样的地方生活下来，但后来因为战争他们又离开了那个他们一直梦想着重返的古老家园，而且，也就是在那段逃离天堂的旅程上，他们的祖先因为躲进芭蕉林，得到芭蕉林的庇护，方才得以避开官兵的追杀。把现在的临沧市临翔区南美乡与勐库镇交界一带指认为"牡缅密缅"，已经是地方史学界的共识。香港科技大学副教授马健雄先生甚至认为——俸黑大山的三次拉祜族起义之所以都要攻打缅宁，绝不仅仅因为缅宁是旧政府的政治、经济中心，更主要的就是因为缅宁即"牡缅密缅"，是拉祜人的圣地，他们想回去。在糯伍村的松树下聊天时，指着南迫村，李彩荣也告诉我——南迫村就是传说中拉祜族人兄妹部落分手、向南迁徙的出发地（意即南迫村乃是"牡缅密缅"的核心），兄妹部落在那儿分开，哥哥的部落"拉祜西"从南勐河东岸向南而行，妹妹的部落"拉祜纳"从西岸向南而行，继而分别走向了忙糯、大文、澜沧、耿马、孟连、西双版纳及缅甸等辽阔的南方区域。在《牡帕密帕》中有这样的段落：

扎保、娜巳兄妹俩，

领着大家搞生产。
挑菜、挖蜜、打猎，
天亮忙到天黑。

早上找到阿戈山，
晚上找上阿沃山。
大橙树下九窝蜂，
蜂窝里做满了蜜。
扎俣、娜巳掏来蜜，
一人一份大家吃。

娜巳打了一只鹿，
分成九份血，
分成九份肉，
一个民族一壶血，
一个民族一份肉。

扎俣打死一只豪猪，
豪猪分成九份。
娜巳那份少，
只有一条尾巴根。

娜巳嫌尾巴太少，
埋怨扎俣太不公平。
妹妹带着女人走河尾，

哥哥领着男人走河头。
兄妹二人各走各的路，
郁郁闷闷不快乐。

兄妹走到半路上，
看见蚂蚁在运粮，
大家不分男和女，
齐齐整整排成行。
妹妹看见蚂蚁，
想起哥哥心寒；
哥哥看见蚂蚁，
想起妹妹孤单……

因为妹妹不知道豪猪的体量很小，以为满身长满了粗刺的豪猪一定是庞然大物，误会哥哥在分发食物时不公，只给了自己部落一根豪猪尾巴，就带着自己的部落不辞而别，沿河而下，而哥哥部落为了找到妹妹，也走上了南下的迁徙路。普洱市一带的《牡帕密帕》版本中，对此情节的叙述比较简约，而双江一带的口传史诗中对此则浓墨重彩：各自带着自己的部落，在即将分手时，兄妹俩抱在一起哭诉。哥哥伤心地对妹妹说："阿妹，我们兄妹本该永不分离，是阿哥对不起你。阿哥向你认错，都是阿哥不好，向你认错。"妹妹说："阿哥，我的心被你伤透了，原谅不原谅的话不要说。这是天意，我决心已定。你我兄妹来到这个世上，从小我就在你的呵护下，一起上山打猎，一起练箭。你总是让着我，打着的猎物平分着吃，这些我都记在心里。从你分给我少量的豪猪肉这事来看，你已有了心上人，只是碍于我深爱着你而不好讲。"这时哥哥已泣不成声，心都碎了。此时已是深夜，妹妹说："我们都回去吧！今后妹妹不在你身边，你要多保重。我走了，我带走了那对鸡卦。我把松子顺着拉此厄（澜沧江）岸边撒下，如果有那么一天，你的心想起妹妹，就砍松树上的明节子，点着火把来找我……"当妹妹知道豪猪的体量之小，已经是 30 年后，她撒下的松子在澜沧江边长成了无边无际的原始森林。

"拉祜西"部落与"拉祜纳"部落是不是在南迫分手的？我不得而知——尽管山顶上的村寨遗址可以作为证据。但在认真琢磨罗扎克在附近山峰上指认二十八尊山神这个"奇观"之后，我疑心南迫村在拉祜人的迁徙史上一定有着非同小可的地位，而且东半山与西半山也的确由此分开，东、西两个部落顺南勐河而下，在神话学与地理学上都无可厚非。当罗扎克领着寨子里的人前去祭拜第二座竜林的时候，天空开始变灰，金黄色的夕照中加入了很多暗淡的元素——比如形形色色的阴影和阳光与地土形成的死角，南迫村沉漫在夜幕降临前喧嚣而又安然的寂静中。望着寨子里匾牌林立的茶叶初制所，想起 2005 年我第一次探访这儿时的场景：荒烟蔓草，啼鸟低飞，俸健平的手工作坊设置在伐竹人搭建在野山上的竹棚里，我和杨炯坐在竹跳板铺设的平台上抽烟，聆听着水塘方向日蚌山神管辖的青蛙高一阵低一阵的叫鸣，谁也不清楚寨神戈娃什么时候才会把这个僻远的拉祜山寨高高举向空中——而俸健平一边生火做饭，一边有一句无一句地说着他的拉祜族干爹李二八。哦，冰岛峡谷中著名的神枪手，弹无虚发，打死的麂子和野猪堆成山。话锋一转，又说起他的外婆，做了茶，背到临翔区的勐托去卖，翻越"风吹山"，一股从岩石中流出来的泉水名叫"南扎罗"，甜得像糖水，外婆一生最大的遗憾就是临死前没能喝上一口"南扎罗"的水。做饭的浓烟一团接一团升起，俸健平从某一团浓烟中伸出头来，对着我俩咧嘴而笑："对了，我的原名叫岩福，阿金木是猎人干爹取的！"话没说完，浓烟中传来野菜倒入油锅的吱吱声。"风吹山"也叫"回头山"，因为它横亘在双江与临翔两个区域的边界上，在旧时光里，双江女儿远嫁临翔，到了此山，就要回头再看一眼云烟和密林中的故乡；而临翔人远走双江，到了此山，也要回头望一望故乡：那时的双江是瘴疠之地，不知此去是死是生，能不能重返故乡。

三

2023 年 4 月 7 日，众多媒体报道：冰岛老寨茶王树 2023 年的采摘权，由某商家以 168 万元的价格获得并开采，比 2022 年的 166 万高出 2 万。据往年数据可知，这棵茶树的茶产量在 16 公斤左右，无论春茶，还是夏秋茶，斤价达 10 万元以上，令人咋舌同时又令人喜悦。我是在 2000 年代初期进入冰岛老寨的，那时候整条几十公里长的冰岛峡谷并没有多少外地人出没，东半山、西半山、母树茶和藤条茶之类的概念很少有人触及，著名茶人杨加龙生产的冰岛老寨公斤砖 200 元一块，我让一个昆明做地产生意的朋友买了不少，新楼盘开盘时他当伴手礼人手一公斤全送了出去。因为的确喜欢冰岛老寨的茶叶滋味和汤色，我劝一个做茶的朋友每年做些茶饼收藏，并为之取名"水黄金"，在包装纸上用毛笔写了推荐此茶的介绍文字，茶叶由家住冰岛老寨的茶人俸健平提供并制作，但朋友连年做，连年都用去做了送人的礼品，并没有收藏。故事说起来，就有朋友开始算账——假如当时真的把这些茶品收藏了，应该值多少多少钱。而事实上，20 年左右的时间过去，冰岛茶的价格确实以令人难以置信的速度飞升了，茶叶的滋味也得到了广泛的认同，继而成为普通人不敢过问的茶中奢侈品和世俗生活中

◆　冰岛茶树王

财富与荣耀的象征。我的朋友、韩国人金容纹，茶山上的人称其为"金先生"，他是公认的最早进入冰岛做茶的外国茶商，我们喜欢在一块儿小酌，谈及冰岛茶也是感慨良多。现在的茶市上，如果说勐库戎氏、俸健平的"俸字号"、赵国娟的勐库冰岛茶叶精制厂和双江龙古茶园茶厂是本土品牌中最为卓越的冰岛茶象征的话，那么，金先生的"智默堂"可以说是把冰岛茶进行国际化运营的最杰出品牌企业。以下是我与他的对话：

我：在从事茶叶生意之前，你在韩国本来是做什么工作的？

金：最早是做建筑，独立承接中小型房地产项目，简单说就是盖房子。后来金融业兴盛，操盘炒股一年半。虽然钱来得很快，但觉得生活除了数字还是数字，毫无意义。

我：在韩国你的家世算得上是富贵人家，但为什么没有选择继承家里的产业？

金：在韩国，儒家文化运用和传承得比较好。在传统家族里，到目前为止还实行宗亲制，宗亲制的核心其实就是讲究家族荣誉的传承，讲究辈分次序。一个地区的宗亲由长子继承。我的家族是首尔的光山金姓，光山金姓在韩国金姓里是贵族姓氏。

我：你的面相以前看上去很凶？但现在完全看不出来，得到一位高僧指点，决定离开韩国，这挺传奇的，能给我们讲讲具体的过程吗？

金：很年轻的时候，大约26岁时，我在韩国皈依了禅宗。师父是韩国禅宗派里的一位大和尚。因为早年从军的关系，我的面相极为冷硬，不是很好亲近，开玩笑的说法就是"面带煞气"。师父的劝诫是，韩国终究很小，太多关系其实牵牵绊绊，无法避免，行脚是你最好的修习法门。加之正值年轻气盛，又赶上"挣钱太容易"的时代，觉得每天除了挣钱

◆ 韩国茶人金容纹

喝酒，生活毫无意义。一场很严重的自驾车祸，严重到一辆全新越野报废的程度，让我在很年轻的时候就深感人生无常。于是，从1989年开始周游世界。

我：后来你决定去周游列国，都去了哪些地方？旅途中还有什么比较有意思的事情吗？那个时候的旅行就是有目的地会去考察一些茶山？还是来到了云南才决定做茶？

金：从1989年开始，至2003年底定居中国云南。14年期间，我游历了30多个国家和地区。其中有中国、美国、新西兰、澳大利亚、墨西哥、印度、日本、泰国、缅甸、尼泊尔、孟加拉国、柬埔寨、马来西亚、印度尼西亚等。其中以佛教盛行的地方居多，印度就去了7次，缅甸去了2次。中国除新疆、内蒙古、黑龙江、海南四地以外，几乎每个省的重要城市都有去到，而且是沿着学生时代历史书里的古迹名胜线路走的。因为家族里一直有喝茶的习惯，旅行的后期，我会刻意地关注产茶国和地区。比如，中国的福建、四川、云南，印度大吉岭，云南澜沧江中下游的泰国、缅甸、老挝、越南等地。

我：作为一位外国人，是什么力量最终促成你来到云南，还成为一名制茶人？这在很多人看来是很神奇的经历。

金：1980年代初，我在韩国喝到过普洱陈年老茶，感觉很新奇，颜色像红葡萄酒，味道和咖啡完全不同，跟韩国的茶也不一样，从此留下了深刻的印象。后来，我开始环球旅行，就把全球茶产区和佛教区作为旅行目的地之一，用了10多年时间，走过了近30个国家，到过世界绝大部分茶产区。1992年中韩建交，1993年我来到上海，从上海开始陆续游历中国并开始收藏普洱茶。来到中国，对博大精深的中国文化感受更加深刻，从外来者的角度看，普洱茶在世界茶领域中具有非常独特的价值。1996年，我来到云南，进入普洱茶产地，了解考察当时云南最大的普洱茶企业勐海茶厂，计划出口和收藏普洱茶，但因当时普洱茶企业生产的制约性，没有达成愿望。2003 年，我决定定居云南，然后开始有规划地深入澜沧江中下游走访普洱茶产区，一遍一遍走茶山，并开始和老人家、老专家学习当时的制茶技术，边走边学，每一遍都不一样，这样走了 4 年。当时的普洱茶还没有发展起来，很低迷，属于边缘茶类，但那些几百年上千年的古茶树，它们生长的环境生态太好啦，在原始森林里，世界上没有这样的茶园。大家都知道，因为历史的原因，普洱茶的产销停断过近半个世纪，所以我 2003 年底走茶山的时候，看到那么好的古茶树、古茶园、古茶山和那么淳朴的茶农，以及近乎没有制茶概念的现状时，心里的反差感是很大的。那时候茶农们的生活环境还不是很富裕，生产环境当然也没有。很多采回来的茶直接放在地上摊晾着，晒青也直接晒在院子的水泥地上，在农户家吃饭留宿时，你会看到一会儿鸡跑过去了，一会儿狗狗跑过去了，一会儿猪也跑过去了，炒茶也是用做饭炒菜的锅，比较随意。我当时的感觉是，这或许不是常态，那么天然纯净的生态和那么好的人，狗狗跑过去了我也愿意喝的，但是猪也跑过去了，就觉得自己需要做点儿什么了。看过越来越多的古茶树，了解越来越多的历史，我越觉得像这样世界稀有的古茶树好茶类，不应该这样简单对待，于是我收购茶就从鲜叶的采摘开始要求，把古树茶分类采，用簸箕离地萎凋，离地晒青，炒茶要穿工作服戴帽子，然后定做了专门杀青的锅，自带杀青师进茶山，一点一点改变茶农最基础的卫生意识，再深入制茶技术的实践。

我：听说你早年行走茶山制作了 2000 多种原料样板，其中临沧就超过 500 种，几乎占到了四分之一，为什么这么注重临沧茶？

金：韩国的 1990 年代，在喝普洱茶的人群里，听得最多的是易武茶、勐库茶、景迈茶这三个地方。而且当时在韩国喝到的勐库茶很有记忆点，感觉比易武茶和景迈茶容易记住，高香和浓郁的滋味很有辨识度，所以当时留下了这样的印象，来到中国走茶山的时候，自然就比较关注临沧茶区，后来制茶也就知道勐库茶对新手来说很有辨识度的原因。我是从2003年底开始走茶山收样板制茶样的，到了2009年临沧茶的成品样已经有200余种，散茶样到了500余种。做了临沧这么多的茶样，两个地方最喜欢，就是冰岛和勐库大雪山，两个茶区都在双江，都有一个共同点，除了临沧茶香高味浓之外，是最细腻的茶之一。2007年我创办了智默堂，冰岛老寨的茶一直做到了今天。

我：冰岛一直有一个传说，说冰岛茶是一个韩国人做起来的，你是哪一年到冰岛的？当时冰岛是什么情况？

金：2003年底开始，我沿着澜沧江中下游考察普洱茶产区，一路走过西双版纳、普洱、临沧、保山、德宏。2004年，我第一次到了临沧的双江勐库镇，然后从凤庆到了德宏，又到了怒江。我去到哪里就找当地人问哪里有古树茶，那个时候叫野生茶，有就去找，然后收茶样或收鲜叶制样板。每次走一圈，大概要4个月，因为当时我还没有买车，云南各地的交通也还是公共大巴，到了一个地方再找交通工具接着走，那时候能租到的车一般是面包车，车程短一点儿的地方轿车、出租车也愿意去。2003年和2004年我走了两遍，都到过临沧市、双江县、凤庆县，当地人和做茶的人都没有人提过冰岛茶。2005年，我开始走茶厂和找一些茶商，秋天的时候，又到了双江勐库镇，住在镇上的一家旅馆里，第一次听到有人说冰岛茶这个名字，当时进冰岛要用摩托车或者有当地的茶农出来接才进得去，而且还要过一条河，不下雨才能蹚过去，下雨河水涨起来就进不去了。当地人说冰岛茶树大，很想去，但当时下雨了进不去，我到了勐库东半山的茶地后就转到了易武，还跑了倚邦、蛮砖、革登、莽枝、攸乐，然后又到了保山、德宏和怒江，再一次与冰岛茶擦肩而过。2006 年，我买了一辆专门跑茶山的吉普车，切诺基，又重新走了一遍澜沧江中下游茶山，更深入地进入古六大茶山、临沧茶山、勐海茶山，主要是细致走访古六大茶山的村寨。走完古六大茶山后，就再次来到了勐库镇，东半山、西半山的寨子大部分都走过了，古茶树也看了，没有看到特别大的。这里的做茶人觉得我没有见过特别大的茶树，介绍我去冰岛，于是我才真正进了冰岛。去了之后比较激动，在双江，除了大雪山，我见过的最大的茶树就在冰岛老寨。2007 年，我在昆明创办了智默堂，只做古树单株普洱茶，当年的精力主要集中在古六大茶山，我组建了一支 7 人的韩国团队，全是年轻人，到古六大茶山我踩好的点试制茶，2007 年不是用鲜叶，是收茶农最好的毛茶，试制了第一批古六大茶山的样板茶。到了 2008 年春天，智默堂在古六大茶山开始设置初制所，最先是易武，然后是倚邦等，第一个带杀青师上山，第一个收购古树鲜叶，第一个把古树分等级制作，就是从这一年开始的。然后，智默堂的高端茶第一次出现在市场上。当时我只做古树单株，同时开始建立卫生标准，包括杀青要戴帽子穿白大褂，晒茶要离地多少等等，还和当时的杀青师一起培训茶农初制标准。做完这些事后，2008 年秋天我又再次到了冰岛老寨，和 27 户农户签订了合同，这 27 户农户称得上古树、特大树的，每家也只有 2—5 棵，当时冰岛老寨只有 53 户农户，相当于整个冰岛老寨的单株智默堂签了一半。到了 2009 年春天，智默堂就进入冰岛老寨正式做茶，当时和签约的茶农们也是从采摘标准、卫生标准、初制标准磨合过来的，他们一开始不是很理解，因为不习惯，没人这样做过，但他们知道茶好价格好收入就高，慢慢也就理解了。当时冰岛老寨还是比较贫困的，我去签约的时候，村长家最好的房子，人站起来也能顶到头，很多人还没有到过昆明。后来我每年都邀请智默堂制茶地区的茶农伙伴到昆明来玩，一起吃饭喝酒，一起逛公园，带他们去逛街，像亲戚一样相处。2009 年做了 0927 和 0928 两款单株茶，虽然是两款茶，其实是前后两天采的鲜叶，是纯正的冰岛老寨单株。这两款茶被茶友称为艺术品，现在已经 10 万元一饼。当时 0927 和 0928 我们在昆明金实小区的茶城里是 600 元 / 饼，价格也算是比较高的了，很多同行茶商、茶友说，金先生是韩国的"土豪"，所以他敢做那么贵的茶。其实，真正的原因是要做成一款好的茶，不是收购毛料就可以了，从选地、择树、采摘分级、杀青、揉、晒、分选开始，每一步都很严苛很真实的话，它就是这样的代价，要不然前后两天采摘的鲜叶，制作出来何必要分0927、0928 两款呢。我也遇到过理念的挑战，有的人会认为一个外国人，凭什么在茶文化的发源地中国，在世界茶树原生地的云南做茶，还要做成，还要被当地人认可？我觉得只有靠自己的茶品，把茶品当成作品，当成自己一样来完成，才可以被认可和接纳。所以，在当时，我做茶确实不考虑成本的问题，也没有考虑它要在中国流通，只想做自己觉得能拿出来分享的最好的茶，而且当时我觉得普洱茶的原料实在太便宜、太对不起它应有的价值了。就这样，冰岛茶一进入市场就以高端茶的定位出现了。后来我听市场上很多人说，冰岛茶是韩国金先生炒起来的，其实没有刻意炒作，智默堂最多只是起到了最开始的引领作用吧。

我：作为对临沧茶有深入了解和对冰岛茶做出贡献的制茶人，你对临沧茶有什么样的建议或期待？

金：普洱茶最大的特点是丰富多样性，每个产区都有它自己的风味特征，临沧作为传统经典产区之一更是不例外，有自己不可替代的独特风味。而且临沧有目前世界上最大的栽培型古茶树在凤庆，有古茶树自然博物馆在云县，有双江东半山、西半山、大雪山这样优越、集中的古茶园群落，资源优势很突出。临沧茶如果要比喻的话，就是很年轻的、很张扬的、青春的、直接的。它的高香和强烈的滋味特点，直接而张扬，很容易让人印象深刻。作为一种风味代表，临沧茶的特点肯定是不可替代的，只要做出来就可以了，不需要跟古六大茶山或者其他产区比。就我个人来看，风味显著，又有直接、张扬的特点，就可以多偏重考虑一下年轻群体和新消费群体，现代一点的、快销的、贴合年轻人的和新消费者的产品研发方向，这是根据临沧茶的茶性来看。另外一点，现在云南有这么多的超级精微名山茶，比如曼松王子山，易武的薄荷塘、一扇磨、同庆河、白茶园、百花潭等，勐海的老班章、新班章、班盆等，临沧的冰岛、昔归等，几乎每个产区都有自己的超级名山茶，原料价值得到了充分体现，但是这些超级名山产区在当下有广泛知名度、公信力的超级品牌很少，或者说还没有，临沧也不例外。我们如果追溯历史，古六大茶山在清末民初就出现了很多有名的号级茶庄，比如同庆号、同兴号、宋聘号；勐海也有鼎兴号、可以兴，临沧没有。临沧历史以来没有出现过有代表的号级茶庄和代表性山头样板，长期处于原料输出地，这是缺失也是机会。我个人觉得，可以好好打造临沧茶区的顶级标杆代表茶品，确立临沧茶区的风味标杆，再次肯定临沧产区优越原料的价值和地位，冰岛就是很好的案例，也是可以再提高和规范的榜样性茶山。同时，树立一些有产品力、研发力，公信度高的品牌，品牌化是未来普洱茶的发展方向。只有这样，有了不可替代的代表茶品和好的品牌传承，临沧茶才能真正留存下来，成为普洱茶领域不可缺失的经典。另外，临沧茶的产量是比较大的，怎样消耗名山茶之外的原料，也是可以思考的方向，这个方向应该多关注的是工艺价值。比如，在熟茶方面，勐海是生产熟茶最早的地方，现在也是熟茶生产最集中的地方，行业地位很高，有"勐海味"的标签，熟茶工艺也确实消耗了很多原料。临沧熟茶的发展也有很大的空间，不管是量大的熟茶品牌还是精致高端的熟茶品牌，临沧都有条件出现。所以在临沧茶区，期待出现标杆代表山头茶和引领型高端品牌，同时也期待市场占有率高的大众品牌出现。总之，拓展原料价值的高度和广度，提升工艺价值，赋能品牌价值，普洱茶行业会越来越好。我们目前只发挥了原料价值，还没有真正进入普洱茶的第二阶段——工艺价值阶段，以及普洱茶发展的第三阶段——品牌价值阶段，空间很大，也有很长的路要走。普洱茶那么好的茶类，不能被辜负。

金容纹先生做冰岛茶，因为其观念有别于众多茶人而没有遇到太多的波折，可对不少双江茶人来说，冰岛茶现在是他们的荣耀与骄傲，而谈及推广冰岛茶的经历则无不唏嘘不已。2006 年双江勐库冰岛茶叶精制厂出品的"冰岛"牌茶品相继荣获武汉第三届农博会茶王金奖和广州国际茶博会特等金奖第一名，在业内引起了巨大轰动，可 2007 年，一位北京客户向赵国娟订制了几百公斤冰岛茶，采摘、制作、精加工都是由赵国娟亲力亲为的，堪称极品。可这位茶商与台湾名盛一时的某茶人相识，邀其品鉴，这人其实对冰岛茶并无了解和研究，却从条索、汤色、香味等诸方面全盘否认此茶为冰岛老树普洱茶。北京茶商遂将赵国娟叫去她的茶叶店，对赵国娟进行百般的羞辱与诅咒，威胁赵国娟："如果不解释清楚，你休想走出我的门！"而无论赵国娟说什么她都蛮横地打断，不听，不信，一口咬定那位台湾茶人所说的是真理。赵国娟的爷爷赵万强、父亲赵家富均是茶人，自己是第三代茶人，怎么忍受得了她和台湾茶人的无知与骄横，却又难以应对这构陷式的危局，忍不住泪水直流。这位客户辱骂够了，就逼着赵国娟退款，赵国娟说转账给她，她又高声开骂："假茶你都敢做，谁敢保证你的钱不是假钞？"当众又逼着赵国娟到银行取现金存入她的账户……这事，至今谈起，赵国娟的眼眶仍然会发红，但她似乎并不怪罪那位客户和那位台湾茶人，她说：引起这场误会的根本原因在于，当时没有多少人认识冰岛茶，冰岛茶真实的风貌那位客户和那位台湾茶人还一无所知。与赵国娟所受的委屈不同，出生在冰岛老寨的俸健平虽然后来被称为"冰岛王子"，可在出道之初，他虽然坐拥优异的茶山资源，却没有更多的销售渠道，在其"俸字号"和"冰岛王子"等品牌创立之先，很长一段时间他只能将手中精制的茶叶原料以低廉的价格卖给别的茶商，眼望着别人挣大钱而自己只求能生存下去。

四

　　布朗人最先建立的"蒲子城"，傣族人后来建立的"景丙城"，彭桂萼先生所说的民国时期勐库城东山坡上的茶市，从这三个地方出发，汽车或者清风，都会把你带向东半山或者西半山。由南向北，东半山意味着以下茶山：亥公（含上亥公、下亥公、东弄、东来、上邦界、下邦界、丫油、肖井、热水塘）、那赛（含正气塘、小村、那赛、百花树、邦木、大文山）、邦读（含文库、邦读、邦抗、梁子、上里皮金、下里皮金）、那蕉（含大寨、石头寨、三家村、大石坊、橄榄山、偏坡寨、背阴寨）、坝糯、忙那、梁子（含滚岗、忙蚌、大姚）及隶属于冰岛的糯伍和坝歪两座茶山。由北向南，西半山意味着以下茶山：冰岛（含冰岛老寨、南迫、地界及地理位置属东半山的糯伍和坝歪）、坝卡（含南等、包谷地、上坝卡、下坝卡、中坝卡、甲山）、大户赛（含花椒树、大中山、大户赛、河边寨）、懂过（含懂过以寨、

◆ 勐库大叶种茶

懂过外寨、上磨烈、下磨烈、坝气山）、公弄（含公弄大寨、公弄小寨、里寨、小户赛、豆腐寨、三家村、五家村、怕奔）、丙山（含丙山上寨、丙山下寨、邦骂、邦骂三组、滚上山）、邦改（含大寨、里寨、外寨、姚寨、大箐寨）、护东（含马鹿林、护东、忙别、忙波、坝胡、回笼、邦章、邦弄等茶山）。

这是一个勐库大叶种茶令人难以自如穿行的迷宫群，一个迷宫套着几个迷宫，一条小路缠绕着几条小路。唯有那些以山水作为课堂，心怀敬畏与慈善之心的人，方能入山、识茶，变迷径为通途，化迷宫为圣殿，从而见山山都是青山、树树皆是道观。清朝廷与缅甸花马礼战役结束后，张辅国也就是铜金和尚从缅甸木城回到俅黑山中，苦心经营了一个政教合一的拉祜族政权，揭开了以他及其子孙为首领的几次双江拉祜族起义的序幕。而也正是因为这场花马礼之战，一位名满天下的诗人——他名叫赵翼——从广西任上被急调入滇，到战争前线进行战事调查。此公爬山涉水却又挥毫不怠，留下了不少书写云南的佳作，其中一首《飞云岩》，最后几句是这么写的："惜哉抛落蛮荒中，千古胜流谁一顾。神鞭曾闻石驱走，灵鹫亦有峰飞度。归途我欲挟之行，携置姑苏虎丘路。"类似的诗歌情感与豪气，他在《高黎贡山歌》一诗中也有抒发，大意就是，如此绝美的山水荒置在云南实在是可惜，工作完成后，踏上归途，他真想把它们带回姑苏城，安置在虎丘路上，供天下人共赏。那如若这冰岛峡谷中的任何一座茶山，将其连同满山的乔木古茶树一起移放至江南，它又会成为怎么样的一座山呢？虞富莲先生的科研团队曾在 2013 年、2014 年两年分别对勐库茶区的古茶树进行调查研究，其中编号为"滇 117. 冰岛大黄叶"的研究报告如下："产地同冰岛大叶（即双江勐库冰岛），海拔 1675 米。是群体类型之一。栽培型。样株小乔木型，树姿半开张，树高 1.6 米，树幅 2.9 米 × 2.7

米，干径 26 厘米，最低分枝高 0.3 米，分枝中。嫩枝有毛。芽叶黄绿色，毛多。大叶，叶长宽 15.3 厘米 ×5.5 厘米，叶长椭圆形，叶色黄绿，叶身稍内折，叶面隆起，叶尖渐尖，叶脉 12—13 对，叶齿锐、中、中，叶背主脉有毛，叶质软。萼片 5 片，无毛，色绿。花冠直径 3.0 厘米 ×2.6 厘米，花瓣 6—7 枚，白色，花瓣长宽 1.7 厘米 ×1.3 厘米，花瓣质薄，子房多毛，3（4）室，花柱长 1.0—1.3 厘米，先端 3（4）中裂，雌雄蕊高或等高。果三角状球形，肾形等，果径 2.0 厘米 ×1.4 厘米。种子球形、不规则形等，种径 1.6 厘米，种皮棕褐色，种子百粒重225 克。2014 干样水浸出物 45.8%、茶多酚 24%、儿茶素总量 16%（其中 EGCG 4.92%）、氨基酸 3.3%、咖啡因 3.63%、茶氨酸 1.537%、天冬氨酸 0.129%、谷氨酸 0.227%、苯丙氨酸 0.045%、赖氨酸 0.022%、精氨酸 0.017%、没食子酸 1.08%。制红茶、绿茶。（2014.11）"

同时，调查研究的还有冰岛大叶、冰岛特大叶、冰岛绿大叶、冰岛黑大叶和冰岛筒状大叶等不同性状的古茶树，相关数据大体相近。对以上冷冰冰的数据有热情的读者肯定不多，但他们一定会发现，若将这样的古茶树移种在江南小叶种茶树中间，难说它们会被罗扎克一样的人物，指认为分工不同的各种山神。因此，每次驱车缓行在茶山之中或在茶树下步行，更多的时候我只会把茶叶与布朗人、拉祜人和哈尼人古老的祭祀仪典联系在一起，将茶叶视为祭品——是人类献给诸神的礼物，是诸神的食物——很少将它们看成可以在市场上进行交易的农副产品。我们不难想象，在朝着天空敞开但又隐身于极边之地，有限度地把接受人类与拒绝人类两种态度并列在一起的茶山之上，当一棵棵天生的或人工的古老茶树，总是在一场场盛大的祭祀仪典之后萌发出新芽、新叶、新枝，而且它们的各项指标又总是能抵达科学技术所设定的一个个品质穹顶时，说实话，你还会把它们看成满足于口腹之欲的俗物吗？而当它们真的被当成商品摆放在路边、集市和所有营销链的平台上时，你是否真的有信心一眼就认出它们并给予它们相应的礼遇？博尔赫斯的诗歌《诗艺》中有如此一段：

> 它也像河水一样长流不息
> 逝去而又留存，是同一位反复无常的
> 赫拉克利特的镜子，它是自己
> 又是别的，像河水一样长流不息。

是的，这儿的茶叶——"它是自己，又是别的"，它是你的饮用之物，但它又是拉祜人和布朗人敬献给神灵的宝贵之物。它宝贵的品质，得到了科技的验证，"顾客就是上帝"这句商品经济时代媚俗的广告词，在这儿获得了恒久的生命。有一回，在懂过茶山——尽管我知道"懂过"一词是傣语，翻译为汉语，意思是"多依果（山楂）树很多的寨子"，但在那几十棵据说是勐勐傣族土司罕廷法时代引种的第一代"冰岛茶苗"长成的古茶树下，我还是对与我同行的村支书李明贵说："懂天下茶只为懂过！"建议他将这句骄傲与谦卑并置的汉话作为宣传懂过茶的广告词。

坝糯村的入村门楼上有副对联："藤条茶乡广纳九州商，光华古镇喜迎四海客"，在安宁的时光中似乎在讲述着它辉煌的现在与过去——作为往昔勐库茶山与临沧之间最为重要的中间驿站，马帮的马蹄声和铜铃声曾经是这儿最为美妙的音乐，繁华一时，邦读茶、那蕉茶、梁子茶、亥公茶，以及目前名声大噪的小村茶和正气塘茶，无一不是在这儿被放上马背，源源不断地送往临沧博尚镇。坐在隔界山弯曲向上的一丛松树林边，我在瞭望四野的同时，愈发觉得昔日的辉煌

◆ 坝糯村

也许只是文字的一种修辞，实况未必能与现在的现实相提并论——十支马帮驮运的茶叶肯定装不满现在一辆卡车的车厢，它现在的处境无异于是在"做自我的旁观者"，尤其是在小村和正气塘的茶叶成为足以和冰岛老寨的茶叶媲美的大背景下，"现在"永远是覆盖"过去"的最好原料，无论是条索、汤色、滋味，还是持久的香气和回甘的神韵。从坝糯老寨至那蕉村的背阴寨，中间由 10 余个寨子组串而成的 10 多公里长的古茶园，茶树多数是清代与民国时期种植，所产的藤条茶乃是"双江之最"，乃是赏识藤条茶的天上人间走廊。茶地中巨石如磐，古树自成神灵，云雾升降如幕，置身其间，我一再觉得自己就是陆羽，同时也是那蕉村某户茶农的上门女婿。

五

2023 年 2 月 11 日中午，风大，公弄的风很大。大雪山来风，冰岛峡谷来风，六合之间能产生的风，都朝着公弄吹，公弄白塔寺门前的五棵大榕树在狂风的翻卷下，状若狂海之上瞬息万变而又高高耸立着的巨浪，枝干和树叶都在剧烈动荡，呼叫，而风还在一阵高过一阵地涌来，对那未知的高潮怀着持久的热情。

突然，漫游者在此遇上年迈
高大的橡树——像一头石化的
长着巨角的麋鹿，面对九月的大海
那墨绿的城堡
北方的风暴。正是楸树的果子

成熟的季节。在黑暗中醒着
能听见橡树上空的星宿
在马厩中跺脚

　　这是瑞典诗人托马斯·特朗斯特罗姆书写风暴的诗句。他诗中被作为"漫游者"的风景所吹拂的橡树"像一头石化的长着巨角的麋鹿"，但我所见的狂风中的五棵榕树更像是五头巨型的暴怒、癫狂的狮子，互相独立，却又像在合伙打一场同一部戏剧中上演的与天空的战争。我从树底顶风走向白塔寺——以为是顶风，到了风中，发现那是风的漩涡，不同来向的风让我来，不同去向的风让我去，执意要从我的身体中找出另外的一个个听命于它们的新我，但决不让老我轻易向白塔寺靠近半步。我担心自己会被风交给狮子，或被卷入朝向大雪山那一面的一条绿色深谷。

　　佛寺是新建的，是一个空寺，没有佛爷。我一步一停，摇摇晃晃地来到廊檐下，大殿的门上了锁，一面红蓝色相间的大鼓安放于廊角，就像是大风与寺庙之间沉睡已久的磐石，声音不再属于它。被风吹落的榕树叶犹如失控的飞鸟在我身边乱飞，有几张撞击到鼓筒上，也只发出了树叶反弹的脆响，它哑然无声，在狂风之中，又在狂风之外。家住公弄的双江布朗族研究会会长叶自平先生告诉过我，寨子的东边，有个地方名叫"光刷嘎"，生长着 18 棵 "我少年时代就这么古"的古树，是村民祭祖的圣地，同时也是祖先"藏鼓的地方"；寨子的西边，有个地方名叫"红琊"，则是祖先"藏行李的地方"。天空中出现彩虹，虹桥巨大圆弧的两端往往就准确地插在这两个地方。鼓和行李都要隐藏起来，意味着迁徙或逃亡，而那个时候彩虹又总是在天上以奇幻而异美的方式，将这两个神秘的场所奇迹般连接在一起，成为它的两个

◆　公弄佛寺的大鼓

起点，也成为它的两个终点。人们因此相信：迁徙或者逃亡，布朗人祖先灵魂的双脚都会踏上天空伸来的虹桥，继而得以在天空与地土之间击鼓往返。

在白塔寺西边，浑身每一个细节都充满了工商文明审美元素的半山酒店，凌空筑建于一面眺望大雪山及其东坡众寨的悬崖之上，仿佛白塔寺在现代背景下幻生而出的一个朝向未来的瞭望台，又好像是悬崖下的绿色深谷中由烟霞托升上来的一座今天的海市蜃楼。它的出现与存在，既隐喻了时间在改变人世容颜时万古不变的雄心——用一张新脸取代一张旧脸，同时它亦以不容置疑的姿态预示了另一种精神"迁徙"已经成为事实——众河入海，辽阔的河床正在收纳有出处和没出处的所有溪流，命运共同体或说文明全球化的浪潮已然波及了远在天边的每一个寨子。叶自平先生牵头打造的勐库茶文化展示馆就落位于半山酒店的一楼大厅。时尚、舒适的茶书吧是敞开式的，没有遮掩和太多的机心设计，一个茶台的四周散布着几圈几案与单人沙发，书柜只及人腰，购置的图书极具前沿性——见不到预想中小地方阅览空间里那种密密麻麻的地方史料专辑和文学爱好者作品集之类的图书，伸手可取，每一本都有陌生性和异质感。坐在那儿啜饮，透过落地玻璃窗，大雪山和小户赛以及它们之外无名的丘陵一一在望，起身去到室外，是宽敞的酒店连廊和面积巨大的露台，青峰环峙，峡谷深远，斜坡和大平掌上是公弄村 26223 亩有机茶园中的一部分，以及茶园边上松树的冠顶、樟树的浓荫、花树的色彩与芳香。大风远去了，微风吹拂着公弄，在露台的一角观看佛寺前那五棵古榕，它们已然不是怒狮，巨木的本相恢复如常，像五座绿色的宝塔映衬着蓝色方柱上白色的雄鸡图腾和四座小白塔与一座大白塔组成的白塔群。塔尖上的铜铃清越而舒缓地响着，从风声中存留下来，如穿越了暴风雨的白鹭终于

◆ 半山酒店里的茶山分布沙盘

安然歇脚，声音是安静的，没有带着丝毫的风浪与反抗的气息。进入茶文化展示馆，我被展馆中央巨大的勐库茶山沙盘吓了一跳，经常握在手中的那支笔在惊慌中掉到了地上——它分明是得到茶神应许之后，众茶山在各自山神的率领下以浓缩了的身份来到了我们矮人国里，分别高举着写有自己名字的椭圆形木牌，简单、直接、精确地显示出各自的方位。蓝色的南勐河在沙盘上从人工丛林和人工茶山间流过，云朵、闪电、雷霆和狂风没有融入它的水波，比现实中如河流更加迷人。与之对应的是四面墙壁之上的茶品展示柜，四四方方的木格子，由优秀茶人精心制作的各个茶山的极品纯料茶各据一格，让我联想到了佛教文化洞窟中那满壁的菩萨坐像——密集、有序、宝相庄严。由北而南，哦，南迫；哦，冰岛；哦，地界……由南而北，哦，忙波；哦，护东；哦，丙山……以东半山为体系，哦，亥公；哦，那蕉；哦，坝糯……以西半山为体系，哦，公弄；哦，大中山；哦，磨烈……勐库 19.8 万亩茶山及其代表性茶品，都汇聚在这儿了，而我一次接一次的神游仿佛才刚刚开始，不知道我属茶的灵魂它会把哪一座茶山选为进入茶宫殿的入口。

公弄寨是清凉的，明净的，这个双江最早种茶的布朗族寨，穿行其间，感觉它就像是一个月亮上的部落——古老但又散发着永远属于"今夜"的清辉。沿坡上旋的石台阶以天空为边界；矮墙上那些从山中移植而来的花草，既让人观看它们的花蕊，也让人用手去触摸它们暴露在外的根须；每棵古树上悬挂着的告示牌，简洁的文字总会把人带入另一个世界，并提示人们：别动，我的体内端坐着神灵。坐在街边的老人，只要你问他（她），谁都会告诉你，寨子里没有一户人家的门上挂着锁，全部人就是一家人，比如今天，一场完美的婚礼正在举行，几家餐厅都歇业了——厨师和服务员正在婚宴上开心地喝酒。仁爱、喜乐、和平、

◆ 树龄 500 年的铁力木树，村里人称之为佛祖树

忍耐、恩慈、良善、信实、温柔、节制，这些只有在"佛祖树"上才能结出的果子，任何律法都不会禁止它们，已经是人们日常生活中言行的表针。诗人说——菩萨在万物中认出了布朗族，所以让他们居住在公弄。我曾在《大雪山上的茶祖》一文中提及的那棵"佛祖树"，布朗人称其为"梅橄过"，植物名是"铁力木"。它就生长在寨子东边的一块平地上，树高与树幅堪与大榕树做比较，但其枝叶远比榕树茂盛和丰盈。在它的主干下面，有人用几块水泥墩、断砖、树墩和木板搭设了一个供台，但上面没有祭品之类的东西。旁边荒地上停着一辆红色拖拉机，一个 5 岁左右的小女孩在驾驶室玩弄着方向盘，而她的父亲，穿白衣的父亲，正跪在地上修补着轮胎。现在是二月初，"佛祖树"上每一串叶子顶端的几片叶子都红了，人们叫它红树，到三月份，当它的白花一一开放，人们叫它白树。白树开花，开得旺盛，凡是白花对着的寨子，人们都喜乐平安，可一旦树上红叶满枝，红叶对着的寨子则不是特别吉祥。树底告示牌上的文字说，此树所在之处是公弄佛寺旧址，此树亦是建造佛寺的长老手植，1995 年经云南省林业厅测定，树龄有 500 年。相关史料提供的信息是，佛教传入双江是勐勐土司罕廷法时期，时间是 1480 年之后，也就是 543 年左右。宋子皋先生的《勐勐土司世系》中，用了大量笔墨描述了勐勐人前往孟艮官佛寺—贺洪佛寺—求佛像和迎佛像的盛况（时间是 1448 年）：

地方没有佛像，

村寨寂静，

百姓不欢乐，

精神空虚无寄托，

村寨有了金光闪闪的佛像，

百姓斋僧献佛，

佛主开恩能为众人解愁闷。

…………

全勐百姓齐出动，

坝头、坝尾，

迎接佛像的人群如流水，

他们拿着蜡条，

端着朗摆，

迎接佛像的到来。

混干协纳，

敲着象脚鼓，

敲响铓和钹，

沿着大路走过来。

所有的召，

所有的卡，

心里十分高兴；

有的抬着枪，

有的举着旗，

吹着大号、小号，

枪声炮声竹笛声，

还有箫声阵阵，

热热闹闹迎接佛像到勐勐。

据史料，可以认定的是，公弄佛寺与冰岛佛寺是同期创建的，但告示牌上所说"传说佛祖释迦牟尼在梅橄过下修行得道成佛"，将此树等同于菩提伽耶的那棵菩提树，则明显是一则"公弄传说"。诸行无常，诸法无我，一切皆空，传说终究脱离不了这一哲学。至于2021年山东省林科院将此树树龄测定为1200年，这个观点势必会挑战告示牌上"此树系公弄佛寺长老种植"之论，因为1200年前，佛教尚未传入双江，云南省林业厅所测树龄更契合于历史。以宋子皋先生提示时间测算，勐勐迎佛的时间距今575年，与1200年之论，相差也是非常遥远的。如果树龄果真是1200年，只能说创建公弄佛寺时这棵树已经在这儿生长了600多年，不是长老手植。

公弄的保护神是寄居在一棵黄桷树上的，人们称它为"席舍"或"竜树"。它的叶片据说500年来反反复复地飘落，从来没有一张掉在从树下走过的人身上。一棵樱桃寄生在树心，像一蓬绿色的火焰从树心升起，欣然，蓬勃，而它今年的叶片尚未萌生，满树的枯枝在风中微微摇曳，想抓住风。

六

"世界还在建设中。"每次从在建中的"冰岛小镇"工地边路过，我的脑海里都会冒出这七个字。即便"冰岛小镇"建成了，世界还会在其他地方开工建设其他小镇、新区、太空站，不可能停在某一项工程上。巴比伦塔和金字塔也没有成为世界的终点。但对澜沧江流域的云南茶区而言，"冰岛小镇"的建设意义却是新鲜的：首先，它让冰岛老寨的几十户人家从茶树林中间搬了出来，把世界上也许是最适宜茶树生长的沃土中的70多亩交还给了茶树，在优异茶山资源保护工作上迈出了实质性一步；其次，新建的"冰岛小镇"必然会因为冰岛茶而成为茶叶世界重要的地理标志之一，如果蓝图上的世界茶博馆、古茶树公园、"三茶统筹"研究基地、冰岛茶传习所、冰岛茶体验街区和冰岛茶认证中心等项目均能高品质地坐实，我们所建设的这个小镇无疑会成为云南茶业走精品化道路的示范区和精神策源地。退一步讲，就算设计的标高在短时间内难以悉数达成，建成后的"冰岛小镇"只是一个以冰岛茶为筑梦主题的异托邦聚落——是在建世界中新增的一座"梦工厂"，它的价值其实也已经呈现在塑造和维护"冰岛茶"这一卓越品牌的历史进程中：巴比伦塔向上的方向是抵达天空的穹顶，不会有建成那一天，但这个工程始终处于在建状态，永远也不会停顿在半空。